NekoiF-ILLUST

都市貓

Hada de la ciduad

Novel-微風婕蘭

《都市貓》推薦序——董籬

你能夠想像村上春樹寫銀魂劇場版的劇本嗎?先別急著想像崩壞的程度,事實上結果完全出乎人意料之外,竟然是一種天作之合。

收到稿子,才看了開頭的幾行,就非常吸引人。這樣的開頭,絕對可以成為一篇好小說。一邊期待著這個好的開始能保持下去,一邊繼續往下看,果然沒有讓我失望;好的開始接上了好的推展,一段一段順暢又迷人地把故事帶出來,完全沒有一般輕小說或新人常見的,像是台灣的馬路一樣坑坑洞洞,讓人三步一顛五步一簸的窘況。

不過在那樣的平順流暢之中,漸漸透露出些許熟悉的感傷,以及騷動不安的……大叔味?這是怎麼回事?在耳邊響起披頭四的歌曲的同時,主角的形象也戴著眼鏡在腦海中浮現,而且影像鮮明的,說起來只有眼鏡而已。

其實看了幾頁就會發現，作者多少受到村上春樹的影響。這一點也不足為奇。包括我自己在內，受到村上養份灌溉的作家不在少數。

但是主角的內心戲那麼自然豐富又熟悉的感覺，卻又完全不是那麼回事。這是從哪裡來的呢？像這樣受到村上影響的年輕作家，主角不是通常都會有一種渡邊君的味道嗎？帶點疏離和懷舊，和世界以和平的姿態對抗著，用很囉嗦的奇怪文法在自己心裡上演內心戲，然後和誰都無法好好的談戀愛，理由是因為總有個說不清楚的什麼。不都是這樣嗎？

但是這裡的渡邊君卻不是這樣，他根本就是以吐嘈來和世界對抗，甚至當做自己本身的存在依據。看著看著，竟然就出現渡邊君戴眼鏡出場的想像……不對，根本不是什麼渡邊君嘛。這是銀魂裡的新八啊！

如果你還沒開始看小說，一定以為這是惡搞的點子。村上春樹加上銀魂，攪拌在一起揉一揉，簡直比撒尿牛丸還銷魂。不過事實上並非如此。這是一個認真又有趣的故事，而且故事本身和村上或銀魂都沒有關係，絕對不是東拼西湊的大雜燴，設定也

- 04 -

新穎並且完整。

寫作要不受到其他人的影響，幾乎是不可能的。大致上文字這種東西，都是從別人使用過的經驗再一次借用的，尤其後現代藝術以後大家嘴巴上感嘆，或實際上無奈的，都是再也找不到新的東西於是不斷重置拼貼。不過就在人們說藝術已死、文學已死、這個也死了那個也死了的時候，其實偶爾還是會有些讓人驚豔的東西出現。

就像創意料理一樣，如果硬是要想出沒有人敢嘗試的搭配，不怕吃死人的話總是能夠想出新的組合。但是料理畢竟是要給人家吃了以後還能活著走出去的東西，所以創新的搭法，還是要做出美味的呈現才行。雖然只是簡單的原則，不過一切的美好也就在這麼一點東西裡面。

《都市貓》十足的娛樂性，從一開始就十分吸引人的橋段與對白，到後來莫名有趣的村上感傷搭配銀魂吐嘈風，就是在那麼一點簡單原則裡的美味。

其實我很少看輕小說或網路小說，就像村上春樹筆下的人物老是在看已經看過很多次的老電影和小說，理由是不想失望。

從網路時代打開發表的窄門以後，成千上萬的小說得以不經審核就自由發表，這當然是有重大意義的。但是在那意義背後，經過了這麼多年，難免會令人懷疑，是不是真的成就了什麼呢？建築在流行文化上的寫作，是不是真的就如同學者眼中所見，只會讓人變笨呢？我覺得事實上真的有很多良莠不齊的寫作，寫到連看也看不懂的都有。但是裡面一定還是有好的小說，絕對不會讓人變笨，還可以讓人感動，讓人會心一笑，得到很好的娛樂，看完還會回味無窮。

我想好的小說永遠有天份和技巧兩方面的成份，缺一不可。透過網路帶來的大鳴大放，雖然有太多技巧十分拙劣就拿出來發表的作品，卻也讓有天份的新人得到機會去培養他不足的技巧。《都市貓》這本書卻在兩方面都已經具備了相當條件，小說本身的完成度也很高，雖然不能和大師相提並論，卻遠超過一般新人的程度。或許放在文學課堂上講解的話，可以挑出不少毛病，但做為閱讀的樂趣是讓我覺得可以享受的。

我一向十分注重娛樂。文以載道是重要的，就讓重要的人去做吧。眼淚可以洗滌人心，但生命本身已經夠悲傷，給我來點別的吧。我喜歡娛樂性高的小說。看電影、聽音樂也一樣。我喜歡《都市貓》的原因是因為讀這本小說帶給我幾個小時很好的娛樂，看完了以後心情也很好。但是要做到這件事並不是簡單的。

大部份類似題材的輕小說，只是想要這麼做，其實什麼都沒有做到。好萊塢娛樂產業能夠把看似毫無深度的東西推向全世界，我認為並不只是靠砸錢而已。我在看那些商業電影DVD的幕後花絮時，從中學到不少寫作類型小說的技巧。其中最重要的事情之一，就是要精確掌控你想要製造的輕鬆隨便。

那些打打嘴砲的、無關緊要的、重要劇情之間轉場的小空白等等。所有帶給讀者放鬆感覺的東西，都是經由嚴格而準確的控制得來。如果不是這樣，這些東西就會變成難看又無趣，而不是輕鬆。

對這些地方所需要的控制力道，有時候甚至要比主要情節還用力才行。因為主戲的部份往往已經凝聚了該有的力量，它自己總會有該走的方向，偶爾要放手讓它自己跑一跑，才會有暢快發洩的感覺。

就像在看銀魂的時候，吐嘈總是比主戲還能夠讓人發笑，一連看幾集下來，全身餘留的也可能是濃濃的大叔味……《都市貓》這本小說或許稱不上文學技巧高超，但是在這種細節的地方掌握得特別好。當然故事本身也不錯，但是真正讓人喜歡的是躲在故事縫隙裡的細節。雖然這絕對不是嚴肅的小說，但是能夠掌握這些細節而帶給讀者快樂，誰能說是毫無價值的呢？

我衷心相信，如果能夠多看到一些像這樣的小說，生活裡一定會有些事因而變得更美好，就連便祕或嘴角長出一顆超大的青春痘也可能變得不那麼痛苦。這應該也算是一種智慧吧。

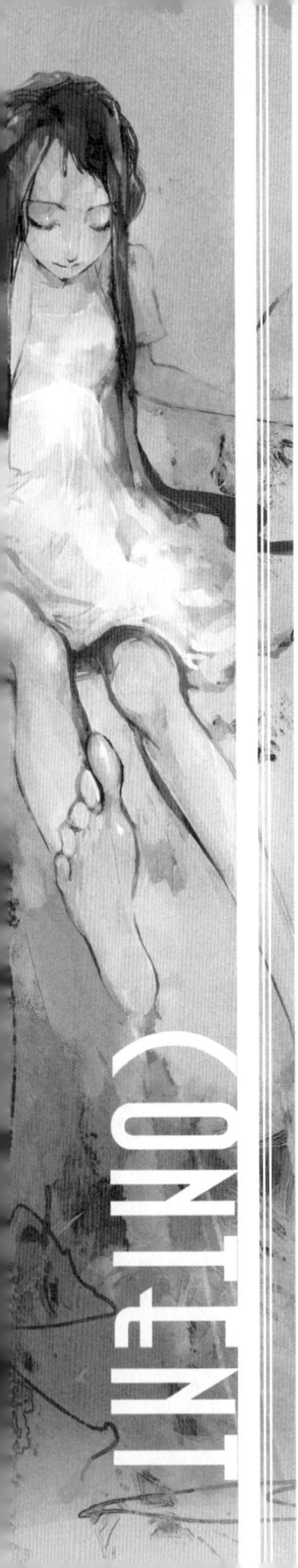
CONTENT

第一日・午後・

[redacted]

人的一生中，有無數種被宣判死刑的可能性。

我也曾經想像過幾種。

最平凡的，就是端端正正的坐在醫院難坐的小椅子上，醫生露出關愛而遺憾的微笑，宣告你的人生開始倒數計時。

比較戲劇化一點的，是在兼職賣燒肉粽的時候抬頭一看，發現不明物體伴隨尖叫從天而降。

無論是被人跳樓砸死、還是被宣告病情，都在可想像的範圍。

但我從來沒想像過這樣被宣告死亡的方式。

四月八日下午兩點五十分，陰天，所有的東西都失去了顏色，像是還沒調整亮度／對比的失敗相片，站在矮牆上的貓看起來也灰灰的，只有那雙眼睛綠得像黑白相片裡唯一的色彩。

「喂！你三天之後就會死。」

我確認了好幾次，方圓一百公尺內只有我和貓，貓像是對我的懷疑不悅的瞇著眼睛，繼續說了些什麼我沒聽清楚。

可以確定的是，貓確實開口說了人類的語言。

那時我對死還沒有什麼真實感，我所想的也只有──為什麼不是喵也不是咪也不是汪，不對，貓本來就不會汪了，不過再怎麼說『汪』也比『喂』適合毛絨絨的動物……這類無聊的吐嘈而已。

「喂！我說你三天之後就會死耶！」

貓靠近我的臉，又『喂』了一聲。

貓的個性似乎比看起來更沒耐性，銀黑相間的臉上雖然看不出來，長長的尾巴倒是不耐煩的大力拍動。

我故意瞇起眼睛，擺出從長長的夢中醒來的臉，慢吞吞地說：「我剛剛試著想像了死前回憶，所以花了一點時間。」

「啪！」貓的尾巴猛然拍動了一下。

「喂！你愛怎麼笑就怎麼笑！我是認真的喔！」貓一邊說，尾巴一邊不耐煩的左右擺動。

我想光是貓開口說話，就值得認真看待，但貓完全不留給我插話的餘地，在我思考要說什麼之前，又搶先說道：「哼哼，看你的臉就知道不相信。」

「不，我不是在想那個……」

我只是覺得貓的發語詞相當豐富罷了。

不過仔細想想，換成是我整天只能咪咪喵喵也會感到厭煩吧……啊、我竟然在不知不覺中接受了貓會說話這件事。

「不過……被貓說什麼三天就會死，普通人都不會相信吧？」我說。

「這麼說來你也承認自己很普通？還是說想要濫用普通人的身分掩飾自己的無知？還是你想要假裝自己是個正常人？」不知道是不是悶了太久，貓自從開始說話後，就一直用中性而急促的聲音劈里啪啦的說個不停：「嗯哼哼，快點認輸吧！」

「我覺得就一隻貓來說，你的話太多了。」

貓轉過頭，小小的耳朵往後伸，似乎是鬧彆扭了。

「嘖！」貓小小聲的咕噥著：「我原本是因為喜歡你，所以才告訴你的……你那什麼臉啊？」

對於貓對我抱有好感這件事，我感到相當驚訝。

回想過去和貓相處的情形，我也完全看不出這個跡象。

我會知道貓，是因為我有時會餵食附近的流浪貓。

在考慮到餵食流浪貓會引發環境髒亂等等問題之前，我要澄清……首先，我並不是出自於自己的意願餵食流浪貓的（就某方面而言也可以稱之為被逼迫）。我並不討厭貓這種生物，如果硬要在討厭和喜歡選一個，我想我應該會站在喜歡貓的這一邊。

在小文的拜託下，我餵了幾次流浪貓，也漸漸的和附近的貓熟了起來，幾隻比較親近人的貓，一看到我就會走過來打招呼，在我的腳邊打轉，有一些則是很現實，只有看到我手上有食物的時候，才會像是看見多年老友似的衝上來。

在所有的貓全一擁而上時，只有這隻貓會高高的站在矮牆上，俯視其他貓爭食的模樣，彷彿與其他的貓爭食有失身分。

——也因此牠老是搶不到食物，經常餓肚子。

不過『貓』就是『貓』，即使肚子餓得扁扁扁，仍面不改色的高抬毛絨絨的下巴，一臉不食嗟來之食的模樣，只有那條長尾巴掩蓋不住內心的煩燥，規律的晃呀晃的。

……奇怪的貓。

我開始注意這隻老是站得遠遠的貓。

一身銀白色與墨黑色的毛皮短而光滑，圓滾滾的臉型搭上冷淡的冰綠色眼睛，聽那傢伙說，貓可能有美國短毛貓的血統，我對貓的品種不清楚，只知道這隻貓散發出一種有別於野貓的氣質（如果貓也有所謂的氣質）。

「你幹嘛一直問那隻貓的事？想把牠帶回家？」小文問。

「我又不是貓奴，對喜歡鬧彆扭的動物沒有興趣。」我回答。

雖然嘴裡這麼說，但我卻無法不注意這隻特別的貓。

在某個無聊的週末，我在便利商店閒晃思考要買什麼當午餐，意外發現便利商店也有賣貓食，我發出「連這個都有賣呀」的感嘆。

等我回過神的時候，我已經買下罐頭，到矮牆下尋找貓。

面對罐頭，貓表現得比我還要冷靜，等到我放下了食物，確認我到了安全範圍外，才優雅的跳下矮牆，嗅了嗅罐頭又看了看我，那神態彷彿天可汗審視貢品的高傲。

飽餐之後，貓舔了舔嘴角的肉屑，好整以暇地梳起毛來，一直到連腳掌都舔得乾乾淨淨之後，貓才以猛然想起些什麼的表情盯著我看。

是在質疑我為什麼還在嗎？

原本只打算看貓吃完就走，但被這麼一看，我索性換了個舒服的姿勢，繼續盯著貓看。

貓似乎有些動搖，舉起前腳像是要往前走來，卻又緊急煞車似的往旁邊走去，就這樣以我為圓心的轉來轉去，最後才下定決心的……

一溜煙地擦過我的腳邊，跳上矮牆後便不見蹤影。

……這、這就是傳說中的摩蹭嗎？

似乎曾聽人提過，貓肯在人腳邊摩蹭是在表示好感，雖然剛剛那一下似乎離一般定義的摩蹭相差甚遠，但我的心頭仍竄過一絲怪異的感動。

那是貓最親近我的一次。

但那也僅止於『唉唉、既然你都請我吃罐頭了，我不表示點什麼似乎過不去，唉呀唉呀那只好禮貌性的表示一下。』（當然這裡面加入了許多個人的幻想，事實上貓只是瞇著眼睛看我而已。）

而這樣高傲的貓竟然對我抱有好感，我的嘴角不爭氣的往上揚——

「等一下！你笑什麼？」

貓憤怒的抗議打斷了我的回憶。

「……我第一次被貓告白，有點無所適從。」

「告白？我哪有對你告白？你、你聽錯了吧！」貓結結巴巴的說。

「『我原本是因為喜歡你，所以才告訴你的……』」我學著貓的語調說了一次。

「反正那已經不重要了、不重要了啦！因、因為……」

「因為？」

「因為我已經不喜歡你了啦！」

貓扭過頭去：「個性彆扭又糟糕的人能少一個就是一個，造福他人也造福世界……」

「要說彆扭的話你也好不到哪裡去——」

無法言喻的恐懼瞬間佔據了我的腦海。

在意識到之前，我已抱住貓在地上打滾。

——無法、呼吸。

——不、是連呼吸的本能、要去呼吸的意識也全都消失了。吸、呼、吸、呼、呼、吸，鼻腔裡都是血的味道，血血血血血……呼、吸、呼，冷靜下來……

那個、到底是……

我大口的吸氣，以一釐米一釐米為單位地轉頭。

首先映入眼簾的畫面，沒有想像中的觸目驚心，只是血，一大灘的血、鮮紅鮮紅，沒有想像中的手啊腳啊或無法命名的軀塊。

我抬起頭，預期看到燃燒的天空以及四處散落的飛機碎片。

然後看見了、那個。

漆黑而巨大、糾結而扭曲。

「扣嘍、扣嘍……」

那個、的四蹄在邁動著。

「扣嘍、扣嘍……」

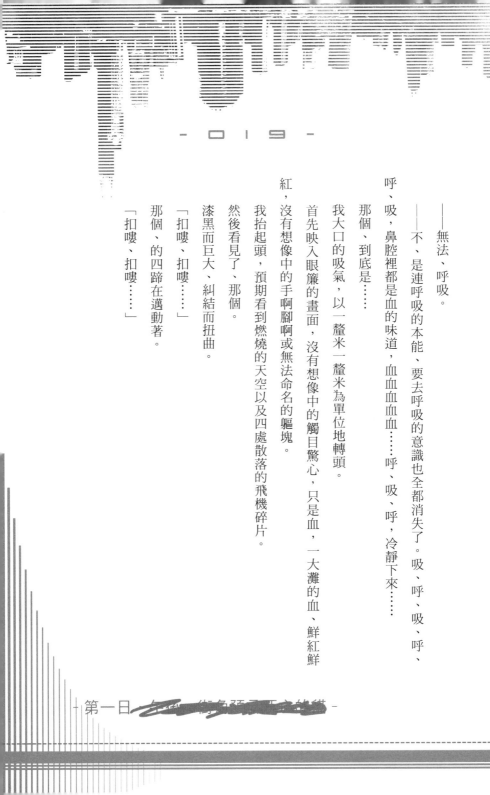

那個、像是察覺到什麼、回過頭來。

——不、正確來說……

——沒有頭！

那只是頸部的扭轉罷了，在肌肉糾結的漆黑頸子上，沒有能夠被稱之為頭的事物，飄散在長頸上是被血染紅的鬃毛。

「扣嘍、扣嘍……」

沒有頭的身體完全扭轉過來，在那之後是一輛被拖著的黑色古老馬車。

——沒有頭的馬。

——無頭馬車內探出的黑影。

——就這樣、向我走來。

胃液衝上喉嚨，癱軟的四肢不住顫抖，我想後退，但手腳癱軟無力。我的喉間發出一聲接近嘔吐和尖叫的詭異聲響。

逃不了了！我就要死了嗎？我的頭會被拿走嗎？我……

「冷靜一點！人類！」

貓毫不留情的聲音像鞭子般抽打著我的理智（當然牠那毫不留情的貓爪也是讓我清醒的原因之一），貓用毛絨絨的貓掌推推扭扭的掙脫了我的懷抱，用含耳朵不到四十公分的嬌小身材站立在我身前。

……呃……

……牠是想要保護我嗎？

我突然有一種貓該不會變成貓耳美少女戰士、大喊『讓我代替罐頭懲罰你！』的錯覺，畢竟無頭馬車都出現在二十一世紀新竹的街道上，貓變成貓耳美少女也是很合理的事……啊、我竟然在吐嘈呢！我應該多少有點冷靜下來了吧？

不過冷靜下來還是什麼都不能做，無頭馬和會說話的貓都不是我所能處理的範圍，只能靜待貓的行動。

貓輕輕的發出一個聲音，那個聲音有點接近『喵』。

空氣突地泛起了砂金色的光芒，隱約中似乎看見了有著羽翅的小精靈在空中飛舞，如果用我那許久不使用的浪漫細胞形容的話……

那就像、妖精之國的大門就此開啟一般。

金光褪去，貓咬住我的領子，拎著我躍向空中。

「原來是想落跑呀……」我有點失落：「我還以為你要用什麼必殺技幹掉它呢。」

「不要趁偶不能說話時笑偶。」貓咬著我的領子，模糊的抗議。

說來丟臉，剛剛看到無頭騎士的時候，可能是因為太害怕了，人生的跑馬燈竟然短暫的跑了一下。

仔細想想，我已經二十八歲了。

幼稚園小學國中高中大學研究所當兵退伍，到竹科當小小的公司會計一年多，就已經二十八歲了。

以不挑剔的角度來看，工作算是順利，仍在學東西的階段也談不上晉升，和同事相處得不錯，下班後仍有些許的時間能看看書、看看日劇。

但在那之中少了些什麼。

無法進步、沒有前進的生活，就和那會計循環一樣，機械化而規律的前進。

在和楠分開之後，我和三個女孩子交往過。

「……我、很喜歡你喔！可是……其實你不喜歡我吧？嗯……也不能這樣說，但是……這樣是不夠的……」

三個女孩不約而同的，在分手前說出類似的話語。

從此之後，我再也不曾牽起任何一個女孩子的手。

當然那只是比喻，我依舊會拉著媽媽的手，偶爾也會牽老婆婆過馬路，但我不曾再和任何一個女孩子交往過。

每次看到不錯的女孩子，腦中就會浮現她們有些受傷的表情，以及帶有些許哽咽的話語。

「你……其實沒那麼喜歡我吧？」

我不懂，到底，什麼是喜歡呢？喜歡的份量該怎麼衡量？

交往的時候總是這樣：為了見到面而沉溺、見不到面而生氣，在這之中自己的意志到底到哪裡去了呢？

簡直就像動物被慾望驅動得團團轉一樣。

但是，即使順著慾望前行，想要找的東西還是找不到，那讓我難過得不得了。

我再也不想看到那種表情了。

小巷一口氣倒退、化為小小的影子。

心臟衝到喉間，方格子般灰灰亂亂的世界在眼前展現開來。

貓咬著我的領子，就這樣跳上了教堂頂樓的十字架；小巧的貓爪一勾一躍，就攀上了一旁的公寓。

像是野貓跳上矮牆那般的輕盈靈巧。

像是跳蚤跳到自身數十倍的高度那樣的輕鬆寫意。

一時間我忘了害怕，只想到蜘蛛人在紐約的大樓中自由跳躍的景象。

公寓、然後是更高的大樓，在城市中跳躍，看到了平時無法看見的情景、看到了比平日更廣闊的天空。

最後，貓抓著我輕巧的降落在十字路口一旁的高樓上——可惜的是輕巧落地的只有貓，貓可能估錯了我的身長，我的腳撞到了頂樓的圍欄，落地時頭也撞了地板一下，讓我痛得好一會都說不出話來。

「你沒事吧?我沒想到你的腿這麼長……」貓一臉很抱歉的樣子。

這到底是稱讚我的腿長？還是暗示我的腿看起來很短？我思考了一會，最後決定現在不是和貓計較這種小事的時候。

「剛剛的無頭馬車是什麼？」我摸著頭上的腫包問道。

「我的屬性是轉換。」貓回答。

……牛頭不對馬嘴，不對，這種情況應該說是人頭不對貓嘴？還是貓頭不對人嘴？

總之貓無視我的滿腹吐嘈，自顧自的說下去。

「我的能力是將記憶『轉換』成現實。」

「我的腳擁有踏在平地上的記憶，那麼無論身在何處，這隻腳所踏之處都像是踏在平地那樣的平穩。」

「我曾經取得跳蚤飛躍的記憶，那麼我就能跳到身長兩百倍以上的距離。」

「在我的能力執行之時，無視於森羅萬象的法則，只要是我要轉換的記憶，就將成為『絕對』的真實。」

貓滿足的解說完後，回頭瞪了我一眼。

「懂嗎？」

「會懂才怪。」就算理智可以理解，我的情感絕對不能接受。

「……看你可憐我就大發慈悲的解釋吧。」貓甩動尾巴說道。

唉，好好一隻可愛的貓，為什麼可以變得這麼討人厭？

「總之，我有叼過老鼠跳躍的記憶，我將這個記憶轉換成現實，所以你的體重就變得像老鼠一樣，所以你不會受到重力所苦、我也拖得動你，懂嗎？」

「嗯。」

聽完冗長的解說，我原本快要沸騰的腦袋反而冷靜下來。

什麼記憶的絕對真實……這種破綻百出的解說，絕對會被『好孩子的空想科學教室』開專欄惡搞。

但事實就是事實，已經發生的事就算吐嘈一百遍也還是事實。

也不知是哪來的信任，我相信貓不會加害於我。

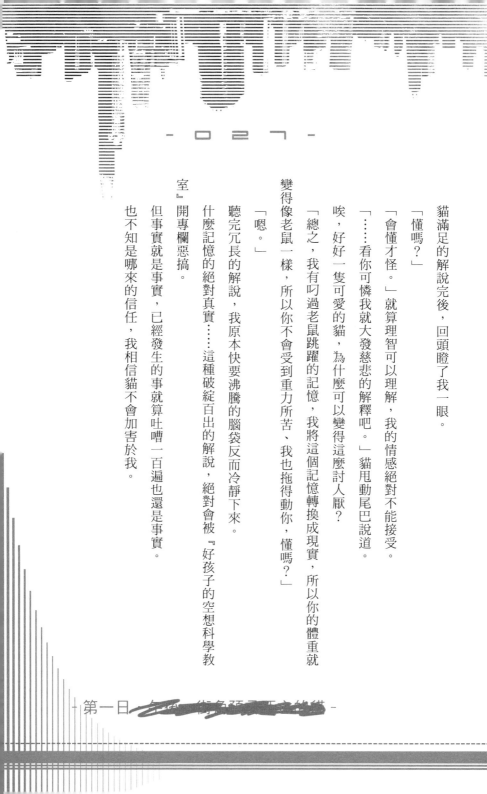

貓也不是笨蛋，會帶我來這裡也一定是有原因，與其否定眼前的現實，不如接受眼前發生的一切，冷靜判斷再決定接下來該採取的應對方式。

——咚、咚！

我走到頂樓的圍牆邊。

眼前所見的是平凡的十字路口，心臟毫無理由的狂跳起來，車流隨著紅綠燈的變化走走停停。

頂樓的風令人窒息，但令人窒息的不是風、是那十字路口上某種……令人不愉快的空氣，令人不自主的，想要別開頭……

——咚！

抬起、放下，蹄鐵與地面清脆的交擊。

『它』來了，穿越城市而來。

但我已不再害怕……或者說令我害怕的不再是『它』，而是……

眼前所見的日常風景。

力場扭曲了。

雖然這麼形容很可笑，但這是我現在唯一能想到的描述，某種負面的、黑色的情感，有如怪物張著巨嘴隨時準備啃食眼前的獵物。

無知的人們在路上行走，對於他們而言，這只是極為平常的某個日子。

「大家快逃呀！」我忍不住張口大喊，但心底的某個聲音告訴我……

一切都無可挽回了。

我閉上了眼睛。

但無濟於事，閉上了眼睛，我還是能感覺到高樓下發生的一切。

扭曲、撞擊、撕裂然後是……空洞。

蹄聲再次響起，然後緩緩遠去。
那些『消失』的什麼，裝載在無頭馬車上，前往了不知名的地方。
我隱約明白，在貓向我開口的瞬間，我所熟知的世界已然遠去。
那個對所有異相不聞不問，但是安穩的世界，也許已經不再是我的世界了。

「沒事了。」
貓跳到鐵欄上，用軟綿綿的貓掌碰觸我的臉。
我知道貓要安慰我，所以也試著不去想那隻貓掌碰過多少砂石、狗屎和垃圾，點了點頭。
「那是『杜拉漢（Dullahan）』，駕著無頭馬所拉的靜默之車（Coiste-bodhar）帶走死者靈魂的報喪者。」
貓輕巧地跳到我的肩上，尾巴隨著說話的頻率拍打我的背。
「雖然看起來很可怕，但只要死期未到，杜拉漢也不能對你怎麼樣。」

別講的好像很好康一樣，你剛剛不是才說我就要死了嗎？

「另外杜拉漢很討厭別人偷看，所以只要在他行經的路上，沒躲好一個不小心就會被潑個一身血，所以人緣一直不好……」

「等等！你是說……杜拉漢是知道這裡會發生車禍，所以才會出現在這裡？」

「沒錯。」貓讚許的舔了我一下：「你比我想像中的夠有領悟力嘛……」

「謝謝，不過……」

我將肩上的貓用雙手抓起，面對面的看著貓清澈的綠色眼睛。

「你早知道這裡會發生車禍，所以才會帶我來這裡？」

「沒錯。」貓回答的毫不遲疑。

「你帶我來這裡……是想要證明……你所說的是真實的嗎？」

「是的，如我先前所說的，你三天之後就會死。」

說這話時，貓的眼神完全沒有動搖。我轉而看向貓的尾巴。雖然只和貓相處了一段短短的時間，我注意到貓的一個習慣，貓只要開始說起違心之言，長長的尾巴就會不住擺動，真是隻完全藏不住心思的貓。

但這時貓的尾巴紋風不動，晃也不晃一下。

偷偷摸摸的從逃生梯離開大樓，才發現路口擠滿了人，救護車、警車、塞車和無數看熱鬧的人全擠成一團。

貓稍微退後了一下。

我伸手撈起貓，將貓擁入懷中，拉起外套。

「別抱那麼緊。」貓抗議。

「還嫌，我都沒計較你身上有沒有跳蚤了。」

被這麼一說，貓乖乖的閉上嘴，縮進外套裡。

「我也不喜歡這麼多人的地方。」閃開迎面而來的人群，我試著問：「話說回來，我死定了嗎？」

「啊，差不多了。」貓歪著頭思考：「不、應該說是有九成……九成九的機率……」

「呃……」我打斷貓一而再再而三的死亡宣言：「我……會死是因為發生意外嗎？還是有什麼不為人知的疾病？」

雖然討論我會怎麼死的是很奇怪，但我不想死得不明不白，而且弄清楚也許還會有挽救的機會。

「我不清楚。」貓理所當然的說。

我已經震驚到無法用任何言語進行反駁，只好撈回微薄的理智繼續詢問情報，

「可是一般來說，都跟我事先預告了，不是應該跟我說拯救自己生命的方法嗎？」

「是沒錯，可是嚴格來說，我也只能看到你的結局，但到底會發生什麼事我也不清楚，我要是知道早就告訴你了呀！」

拜託請派一個搞得清楚狀況的人來拯救我好不好。

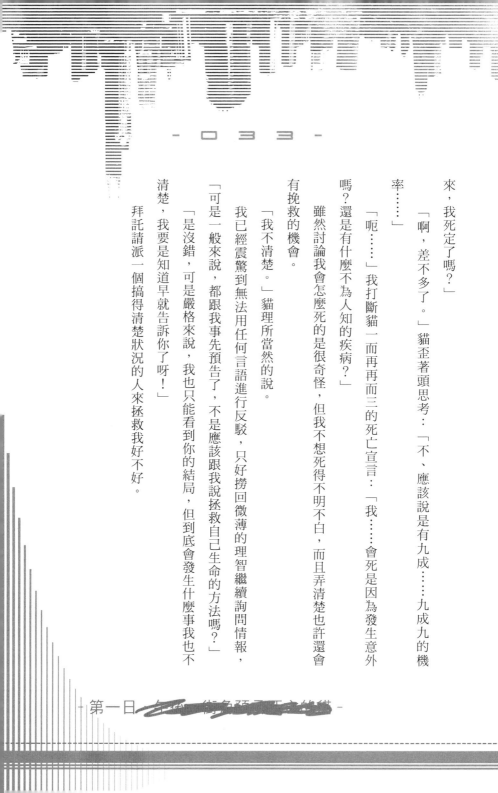

「我只能看見你的死亡，即使我告訴你我預知的一切，我現在所看見的結局也沒有改變，就算你把自己關在世界上最安全的地方，用拘束衣綁住自己免得突然想不開……即使你用這種方式逃過了意外，也許你的心會選擇死亡也不一定。」

我停下腳步。

「……你那什麼表情？」貓問。

「我在認真考慮你說的事，總結來說，我對死沒什麼興趣，雖然活著也沒特別要做什麼，不過還是活著比較好吧？傷心的事是一定有的，但稱不上是什麼非死不可的陰暗過去，那麼……為什麼我的心會選擇死亡呢？」

貓從外套的縫隙中仰頭看我，毛絨絨的頭和尖尖的耳朵看起來煞是可愛，不知道為什麼，那對冰綠色的眼睛卻充滿了悲哀。

「……也許你忘了也不一定。」

「忘了？」我茫然的重覆貓的話：「我忘了什麼？」

「我哪知道。」貓看起來有些不高興。

「可是……會忘記的就不會是什麼重要的事啊……我為什麼非得為了一件忘記的事死呢？」

「那……什麼是重要的事、什麼是不重要的，你真的分得清楚嗎？」貓的聲音聽起來有點受傷：「努力想吧！反正不管想不想得出來，你三天後都有可能會死。」

我想了很久，我還是想不出來我究竟忘了什麼，所以決定反過來思考……

我還記得什麼？

上班做的事、同事間的對話、天天都要吃的早午晚餐宵夜、殺時間時瀏覽的網頁、度過的每一天……

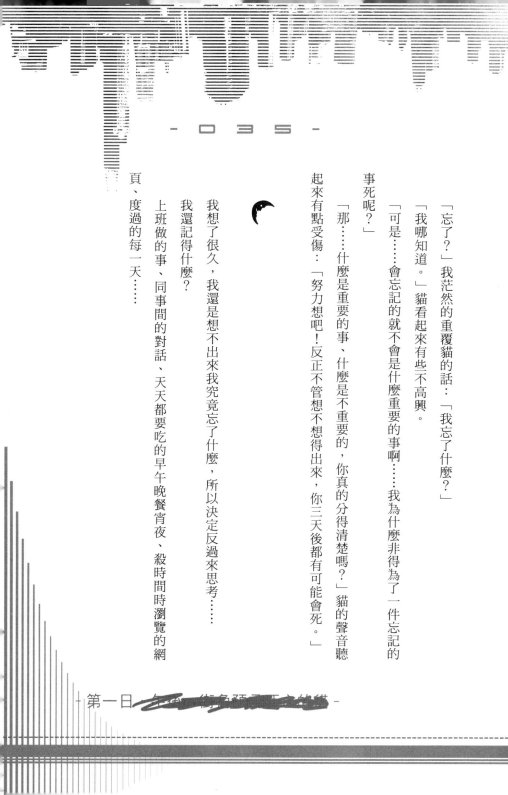

不記得了，我全都不記得了。

並不是失去記憶那種一次忘光光的遺忘，而是如同流沙般，緩緩地朝忘卻的黑洞、一點一滴的流逝，等回過神來時，雙足已陷在沙中，過去的歲月已然遺忘。

前天和誰一起吃飯？那時吃了什麼？

在路上偶然瞥見熟悉的臉孔，那個人……叫什麼名字呢？

昏暗不明的夜色中，臉孔變得模糊的女子，急促而斷續的說著些什麼，從她濕濡的臉頰來看，是在哭泣吧？但她究竟在說什麼，我無法理解，我說過那些話嗎？她說過那些話嗎？我曾經這麼做過嗎？

記憶如同螞蟻落入蟻獅穴，再怎麼用力掙扎，也只是加速砂粒的滑落。

再怎麼努力，也是徒勞無功。

一直到回到家，貓都沒有開口說話。

不得不承認，我鬆了一口氣，因為現在的我，並沒有回答任何問題的心情。

在那長長的沉默中，貓只是面無表情的注視著我。

過去，也曾經有某個人，在海風中微微歪著頭，不發一語的看著我。

而她開口說的最後一句話是……

「再見。」

——第一日・午後・街角預言死亡的貓 End

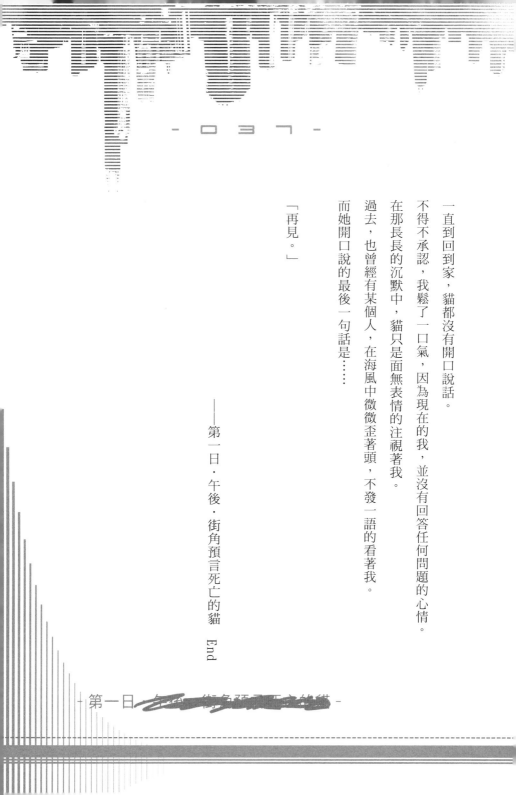

第一日・黃昏・

窗邊的神秘少女與對面的房客

「你啊……總是注意著不重要的事。」

很久以前，似乎也有人對我說過類似的話。

只是極其平常的對話，這時回想起來，才發現不管是聲音、語氣甚至是說完後那聲嘆息，我都記得一清二楚。

那時楠站在管院二樓的長廊上，壓在欄杆上的右手托著腮，擠壓著形狀美好的臉頰，讓她故作認真的臉看起來有點好笑。

原本在聊什麼我已經忘了，只隱約記得那時候教室沒有開門，雖然天氣熱得要命，但為了等待大刀教授的大駕光臨，我們只能在走廊枯等，可能是因為無聊，楠的手指規律地敲打著中級會計學的原文本，在不知道第幾次敲打時，她突然轉過頭，挑起一邊的眉毛，用法官宣判『有罪』的口氣說出那句話。

那時是大學二年級的夏天，除了盡情玩樂，對於功課我只求有過不求高分，要說到什麼是重要的事，那就是希望學校能趕快裝冷氣。不過……這個對於楠來說，大概不是什麼重要的事吧……

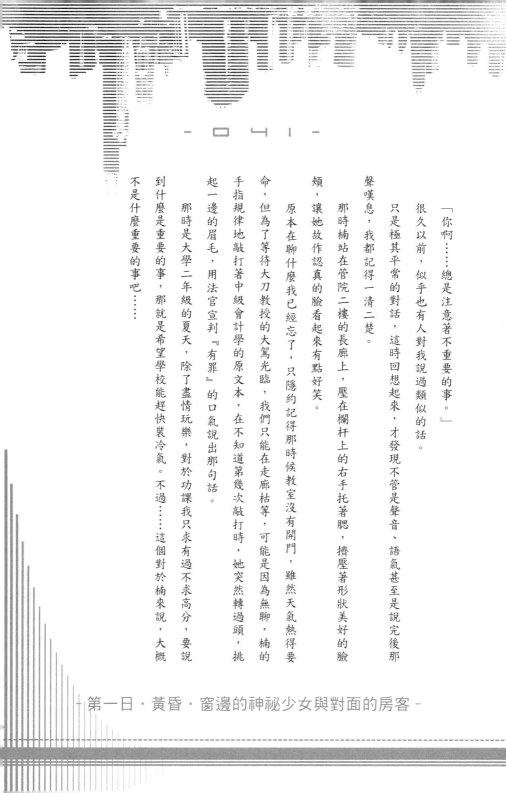

「什麼是重要的事?」我試著問。

「你白痴啊!」

楠細瘦的手腕以無法想像的速度與力道,抄起原文書敲我的頭:「那是對於『你』來說重要的東西,那種事只有你自己知道啊!」

後來我知道她是對的,可是已經來不及了。

雖然被貓告知『三天後會死』,但我並沒有非常沮喪。

因為事情也許沒想像中的那麼糟。

往好的方面想,反正還有三天,拼一點的話拿出大學時代熬夜唸書的精神,也許還能找出解決的方法。

回到住處，先用毛巾把貓踩過無數街上污垢的腳擦過一遍，才將貓放在沙發上。我倒了杯水，試著整理剛剛發生的事。

雖然目前的情況不能用常識判斷，但還是得好好的搞清楚狀況，而取得情報是必須的……

我轉頭看向唯一的情報來源。

情報來源正悠閒的抬起前腿仔細的理毛，半瞇著眼，露出國王被臣子打擾的表情。

「幹嘛？」

「什麼幹嘛？你不覺得你有義務解釋一下嗎？」

「反正你覺得我不可靠啊。」貓慢條斯理的舔著腳掌：「想找別『人』也可以喔！可是我的同族可能沒那麼好心喔！下次被潑的可能不是別人的血了……」

……死有重於泰山、輕於鴻毛，不恥下問也沒什麼的。

「……我錯了，貓大人。」

「嗯哼哼，既然你都誠心誠意的道歉了，我就大發慈悲的告訴你吧！」

士可殺不可辱，不過我只是快死掉的小咖，所以就算我再生氣，自尊也得丟一旁，我從第一個想知道的問題開始問起。

「『你』是什麼呢？不管是會說話的貓還是無頭馬車，都不是平常會出現的東西吧？」

「很平常啊……以後你就會習慣了，至於要怎麼稱呼我們的話……『妖精』也許是個不錯的說法，至少這是比較可愛的說法……」

誰管你可不可愛啊！

「是你硬要叫我找一個稱呼的耶！」貓露出『嗯哼哼你自己問的還怪我咧』的臉，拍著尾巴繼續說：「不說廢話了……經過剛剛那件事，你應該已經可以看見以前看不見的東西了吧？」

「啊……」

這麼一說，剛剛回家途中倒是看見了不少奇奇怪怪的東西，不過因為心情不好沒多加理會。

「總之，妖精並不只是你們人類想像中，那種有翅膀的可愛小女孩……」

「對啊，那種漂亮的東西我倒是一個也沒看見呢，駕著無頭馬車潑血的變態和莫名其妙的貓妖精倒是看了不少……痛！」

這次貓連反駁都不想了，直接在我的手上留下三道爪痕。

「妖精一開始只是空氣中吸取記憶碎片的微小光體，就科學的角度來說，大概是電子還什麼的吧……不管了！這種事只可意會不可言傳，你自己用心體會吧！」

「我覺得不管用不用心都聽不懂，不能解釋得清楚一點嗎？」

「要求一隻貓解釋人類的科學你丟不丟臉啊。」

只有這種時候才會把責任推給貓這個身分。

我正想開口，卻被貓搶先了。

「Stop！再和你拌嘴下去絕對沒完沒了，要完全解釋完你大概就直接仆街了，總之你先安靜一下吧……」

你還不是一樣講個不停。

「當然不只是人的記憶，萬物的意念全會影響到妖精的存在，只是人的情感較為強烈，對妖精的影響較大。相似的意念會聚集在一起，力量夠強大後會形成一個『憶場』。」

「等一下。」我舉起手打斷貓滔滔不絕的解說：「是力場還是……憶場？」

「是『憶場』，就是記憶所形成的力場呀！」貓又補充了一句：「你不覺得叫憶場很帥嗎？」

「是是是，請繼續。」

結果搞了半天，這個名詞竟然是牠自己發明的。

「我再重新開始，相似的記憶會形成『憶場』，這時的憶場還沒有生命，只是類似的意念聚集在一起。要形成妖精，除了需要『憶場』外，也需要有和憶場能同調的『靈核』。」

「可以請問一下『靈核』是什麼嗎？」我無力的問。

「『靈魂核心』的簡稱，怎麼樣很……」

「很帥很帥。」請不要隨便創造專有名詞又不解釋好嗎！

「嗯哼。」貓得意的一甩尾巴，才繼續說下去：「靈核形成的原因有很多種，目前我知道的有……剛死去不久的靈魂，或是生物或妖精的靈魂碎片，也有不知道從哪生出來的靈核，嗯，這種的就當作是大自然不可解的神祕好了……」

「所以簡單的說，活的、死的人或妖精遺落的靈魂碎片都有可能產生靈核，大自然也會憑空誕生新的靈核？」我試著自己統整一下聽到的資訊。

「沒錯，憶場和靈核結合在一起就會誕生新的妖精，還有一種是憶場會和現有的生物融合，像貓妖精和犬妖精就是這樣誕生的。」

「會有小強妖精嗎？」我好奇的問。

「可能性不大，自我意識比較強的生物比較有可能變成妖精。」

提到小強時貓露出了噁心的表情，難道貓也會怕蟑螂？可是貓不是很愛打蟑螂嗎？還有貓為什麼會知道『小強等於蟑螂』這麼專業的術語呀？

「啊啊，好複雜……簡單的說，妖精吸取了孩童不斷惡作劇的記憶，到最後就會變成喜歡惡作劇的妖精，吸取了過多殺人犯的記憶，到最後就會變成邪惡的妖精。總而言之，妖精就是『記憶』與『意念』的具現化，意志薄弱的人可能會被妖精所迷惑，意志堅強的人的意念有可能會影響、甚至改變妖精。大致上是這樣，懂嗎？」

我試著在這段落落長的解說找出重點。

「所以……只要集合了全世界對貓耳美少女的記憶和怨念的話，貓耳美少女妖精誕生也不是不可能的？」

「不過在那之前，變態妖精應該會搶先誕生吧！」貓冷冷的回答，「還有什麼問題嗎？」

雖然問題一堆，但我已經懶得提出疑問，我也不覺得貓能夠有所解答。

其實動漫看多了就會知道，設定有漏洞和前後不合、自打嘴巴是常有的事，過度鑽牛角尖反而會失去欣賞作品的樂趣。

不過就某方面而言，設定啊世界觀啊限制什麼的，通常都只有造世主（作者）可以搞得清楚，所以故事裡的角色說不清楚或者是認知有誤也不是他們的錯，是作者的錯。

話雖這麼說，但我仍不免興起逗弄貓的念頭，隨口問道：「其實大部份的事還是似懂非懂，不過我想知道……妖精的意識到底是怎麼出現的？」

貓流暢的理毛動作很明顯的頓了一下。

「先別管妖精了，你知道人類的意識是怎麼出現的嗎？」

嗚，我輸了。

和貓的唇槍舌戰最終以我的慘敗作結。

我多少有點懂了……

不要說設定複雜的動漫了，就算是在現實世界，隨便在路上找一個人來說明世界的誕生、組成和結構，恐怕也會支支吾吾得說不出話來，更不要說什麼諸神的恩怨情仇還是從古至今的歷史，我們光宗教就有好幾種啊！

「唉唉，說了這麼多，也完全沒提到解決的方法啊……」

貓似乎沒聽到我的抱怨，豎起了耳朵朝外邊看去，雖然什麼都沒聽見，我也學貓豎起了耳朵（雖然我的耳朵沒辦法動），隨著時間一分一秒的過去，我漸漸聽清楚了那令我心跳加快的樂聲……

「糟了！我竟然忘了！」

「啥？」

我快速的撈起貓，將貓丟進房間裡，隨後迅速地包起房間和廁所的垃圾，確定帶了鑰匙後就往樓下衝去。

果不其然，黃色的垃圾車已出現在街的另一頭，形形色色的人已在街道的兩頭列隊恭迎垃圾車的到來。

穿著塑膠拖的歐巴桑依照慣例和隔壁的阿伯吵架、睡眼惺忪的大學生翹著頭髮趕忙衝下樓……

咦？小文怎麼沒有出現？

不過我現在沒有心思管別人的事情，趕緊丟完垃圾就回到房間。

貓不知道用什麼方法打開了燈，興味盎然的盯著我的書櫃瞧。

「你回來了。」貓動了兩下耳朵以示歡迎：「你的房間倒是出乎意料的整齊嘛……男生的房間不是應該要充滿亂丟的衛生紙團和散落的謎寫真嗎？」

「你這錯誤的知識是哪來的啊？」

「你書櫃的書倒是不少……現在的人不是不看書的嗎？」貓完全不理會我的調侃，自顧自的用貓手把有興趣的書撥出來：「你年輕時該不會是個傷春悲秋的文藝少年吧。」

「是又怎樣。」

「不過你的漫畫也不少呢……你該不會很宅吧？」

「就一隻貓來說，你會的詞彙也太多了吧。」

我沒好氣的把貓丟到一邊，把一本一本的把書放回書櫃，有兩本是以前很喜歡的小說，幾本詩集，和一本黃色的筆記本。

「喂。」

「幹嘛……咦？」

我不怎麼溫柔的抓起貓。

「……你看了裡面的東西了？」

我加重了手上的力道。

「你看了嗎？」

似乎震懾於我的神情，平時辯才無礙的貓竟然說不出話來。

我和貓就這樣大眼瞪小眼，僵持了一陣子。

我嘆了口氣。

「對不起。」

我摸了摸貓的臉，貓不高興的別過頭，用沒有伸爪的貓腳拍開我的手。

「雖然還不確定，但我想你的死因應該跟妖精有關……不過，這附近的妖精沒有什麼特殊的活動，所以你先帶我到平常活動的地方，也許可以調查出什麼端倪也不一定。任何小事都有可能是妖精活動的徵兆，你仔細想想，你身邊最近有發生什麼奇怪的事嗎？」

我搖搖頭。

「那倒奇怪了，我剛檢查過你的房間，也是一點問題都沒有，除了那本筆記本和電腦有很強的意念外，其他的東西都平凡得很。」貓聳了聳肩：「而那個意念是屬於你自己的意念，雖然強烈，但對你應該無害才對。」

「所以還是沒有結論是吧？」

胸口有點悶，也許是因為門窗緊閉的關係，也許是因為心情的緣故，我決定打開窗戶，看透透氣能不能讓心情好一點。

開窗後看見的景象，並不是什麼山景、海景，原本是個有著菱形鐵窗、吊滿衣物、裝有半夜會嗡嗡作響的電熱器的平凡陽台。

會加上『原本』這兩個字，是因為這時在平日看慣的後陽台中，站著一個不屬於人間的身影。

我無法呼吸。

那是彷彿會奪去呼吸般的動人身影。

有東西堵在我的胸口、膨脹、發熱。

就像是春天的第一道暖風吹拂過臉頰、某個少女對你微笑，那樣柔軟而疼痛的衝擊。

『她』微微的歪著頭，雪白的長髮雲般披散在白裡透紅的頰畔，在那蓬鬆的髮絲中，埋藏著兩個精巧袖珍、貓一般的尖耳朵，耳朵上的毛也是白色的，尖端透著淡淡的粉紅。

我無法形容『她』的面容，只能說在完美之餘鼻樑似乎有點不夠高，但琥珀色的杏眼和粉紅的小嘴彌補了一切，小巧的身驅隨意的套著一件眼熟的白襯衫，在襯衫底下搖著一根有著白毛的蓬鬆尾巴……

最簡單的形容詞就是——

貓耳美少女！

我忍住噴鼻血的衝動，盯著意外出現的貓耳美少女，試著分析她出現在我眼前的涵義。

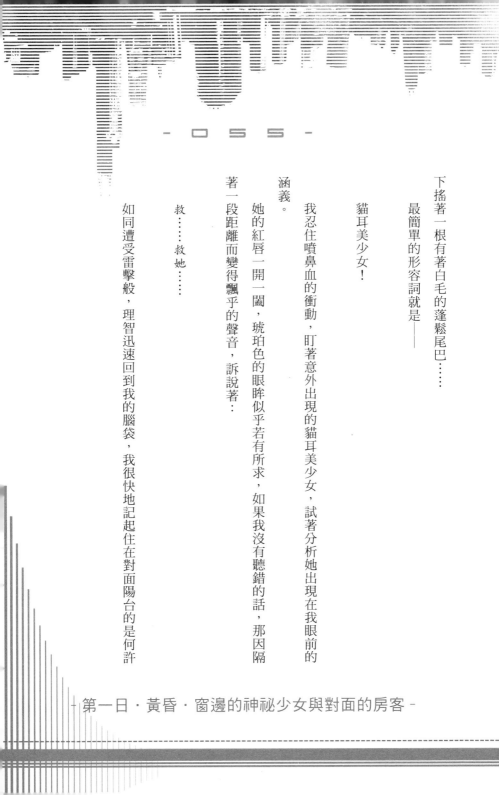

她的紅唇一開一闔，琥珀色的眼眸似乎若有所求，如果我沒有聽錯的話，那因隔著一段距離而變得飄乎的聲音，訴說著：

救……救她……

如同遭受雷擊般，理智迅速回到我的腦袋，我很快地記起住在對面陽台的是何許人也，雖然那時我心不在焉，但今天倒垃圾的時候小文確實沒出現……

我拿起手機，撥了小文的電話。

「您撥的電話目前沒有回應……」

我掛了電話，穿起剛脫掉不久的外套，拿起鑰匙就往外跑去。

貓見我神情有異，迅速地跳到我的肩上。

「怎麼了？」

「對面的人似乎有麻煩。」

我看向陽台，貓耳少女已消失的無影無蹤。

我不打算把貓耳少女的事告訴貓，一來怕貓藉機損人，二來貓應該能感應得到同伴，但貓卻似乎對貓耳美少女的存在一無所知。

「朋友嗎？」貓問。

我苦笑了一下，「很複雜的關係。」

貓豎起了耳朵。

「喔喔？是女孩子吧？」貓興奮的抖動耳朵，沒想到貓也挺八卦的嘛！

「是女孩子沒錯，不過不是你想像的那種關係。」

我快速的鎖上大門，往對面的大樓奔去。

「話說回來，會認識你也是拜她所賜呢！」

回想起來，我和小文也是在倒垃圾的情況下相遇的。

和諧的倒垃圾隊伍中，傳來了急促的煞車聲，一個疑似女性的人草草地停好粉紅色的機車，全罩安全帽還沒摘掉，就拎著踏板上的兩大袋垃圾向垃圾車奔來。

那人的大衣下穿著短褲，腳上踏著典雅的涼鞋，奔跑時咖啦咖啦的聲響令人擔心那纖細的鞋根是否會應聲而斷。

丟完垃圾後，那人像是呼出一口氣似的放鬆肩膀。

「……什麼、為什麼這時候……害我繞了一圈……」

安全帽下的是個戴著眼鏡的秀氣女性，她彎下腰把安全帽放在踏板上，口袋裡的鑰匙喀的掉在地上。

她彎下腰想撿，袖子卻勾到了手把，機車應聲倒下。

「小心！」

在來得及思考之前，我已拉住機車的手把，在她崇拜的目光下（這當然是自己的想像）熟練地將粉紅色小機車停進路邊的停車格。

「謝了。」

接過我遞給她的機車鑰匙，她仍有些發愣，看起來很睏的眼睛看不出情緒，道聲謝就轉身走進對面的建築物。

那聲簡短有力的回答和毫不猶豫就轉身的長髮背影，不知為何勾起了我懷念的情緒。

可惜的是，那股懷念並沒有持續太久。

第二天中午，我吃完便當打著哈欠到廁所解放，洗完手將濕答答的手往屁股抹的時候，在廁所門口和一個女性撞個正著。

「啊……」

被撞到的女性啊了一聲，指著我的鼻子叫道：「是你！」

這聲『是你』讓我猛然從午餐後的昏睡驚醒，瞬間心虛的以為是被某位曾經拋棄的女孩子認出，但仔細想想只有別人拋棄我、哪有我拋棄別人的份……

當我還沉浸在亂七八糟的想像之中，被我撞到的女性開口了：「昨天謝謝你了……啊，我是指倒垃圾的時候、車子倒了的事。」

對方都這樣說了，看來我非得說些話應付不可，我懶洋洋地抬起頭，這才真正看見她的臉孔。

雖然這麼說有點刻薄，但她徹底讓我體會到『人要衣裝』的重要性……昨天我看到的和今天看到的真的是同一個人嗎？

那時我的表情看起來一定很痴呆，因為她皺起眉頭上上下下的掃視我一眼，有些懷疑的問：「你不記得我了嗎？」

我回過神來，有些不好意思的抓了抓頭髮，「不、當然記得。」

稍微聊過之後，我知道她在對面的公司工作（因為我們的公司都很小，後面的廁所是共用的），也不得不招出我就住在她家對面，最後還在她微笑威脅下交換了名片。

「……你叫阿哲啊……啊……原來……真巧……」

她盯著我的名片，小聲的不知道說些什麼，最後才抬起頭，有點羞怯的笑了。

「我是小文，以後請多多指教。」

「喔。」指教什麼呀？

一直到這裡一切看起來都很美好，甚至還有幾分像是網路愛情小說的開場。

在倒垃圾時偶然遇見的男女，在公司共用的廁所前再次相見，這才發現兩人的房間原來可以遙遙相望，雖然認識的地點都有點臭，但這並不妨礙這兩人開始一段在偶遇中累積的純純愛戀……

但事實完全不是那麼回事，原因絕對不是因為她不夠美麗可愛，也不是因為相遇時不是在倒垃圾就是在廁所前，而是……

「啊～太好了，阿哲你在家嗎？」

「請問您是？」

「我是小文，今天中午跟你要了名片……」

「妳怎麼會有我的手機……」啊、名片上有手機號碼！

「唉呀我快來不及了，你可以幫我倒垃圾嗎？因為有廚餘我怕會臭掉……」

「可是……」

「我已經放在你家樓下了，有兩包，粉紅色的垃圾袋，BYE。」

我無法拒絕，也沒有時間拒絕。

反正我自己也要倒垃圾，幫忙多丟兩包也不是多麻煩的事。

稍晚時窗戶的另一邊有人叫我的名字，小文抱著白色的不明物體對我招手，邊叫我下樓邊作著往下的手勢。

到了樓下，她一手抱著像白色布娃娃的東西、一手提著飲料，笑著向我走來。

「這個給你，是西瓜牛奶，突然打電話給你一定嚇了一跳吧？」

「啊，不用那麼麻煩啦。」

「我自己也有買，你拿去吧。」

她的眼中有著不容我拒絕的魄力，我愣愣的接過飲料，這時她懷中的不明生物轉頭過來，是隻白色的波斯貓。

「牠的名字叫定春（註）。」她拉著貓的手向我揮一揮。

「好特別的名字……」活像個小丫鬟似的，不過這名字有點熟悉：「怎麼會想取這個名字？」

「定春其實是一部叫《銀魂》的漫畫裡的外星生物，因為牠小時候有個動作和裡面的定春很像，所以才叫定春……下次再叫你看那部漫畫，我先走啦！今天非常謝謝你！掰！」

雖然那時她戴著老氣的金眶眼鏡、頭髮又亂糟糟的隨意綁起，但那依舊是我看過最美麗的笑容之一。

往後回想起來，那笑容根本是詐欺。

「Hello，你在家嗎？」

「嗯……」

「可以過來一下嗎？定春大便沾到屁股，我要幫牠剪屁股的毛……但一個人實在沒辦法……」

當我回過神來，我已經抱著白波斯沾到便便的屁股。

「把牠的屁股拖高點，記得抓住牠的尾巴！」

她快速的下令，手上也不停，亮晃晃的剪刀也不住往定春的屁股招呼。

平時定春是隻乖巧的貓，但此時牠在我的手中不住扭動，嘴裡發出不悅的咕噥聲，但牠的心情我完全能理解——

要是有個人磨刀霍霍地在我的重要部位晃來晃去，還不時貼近以便修剪那裡的毛，我一定也會想掙扎吧？

「呼，大功告成！」

看著定春變得光溜溜的屁股和充滿淚水的金色眼睛，我在心中雙掌合十替牠默哀。

「那我走了。」我拍拍屁股站起：「怎麼會想找我幫忙？」又是那個犯規的笑容。

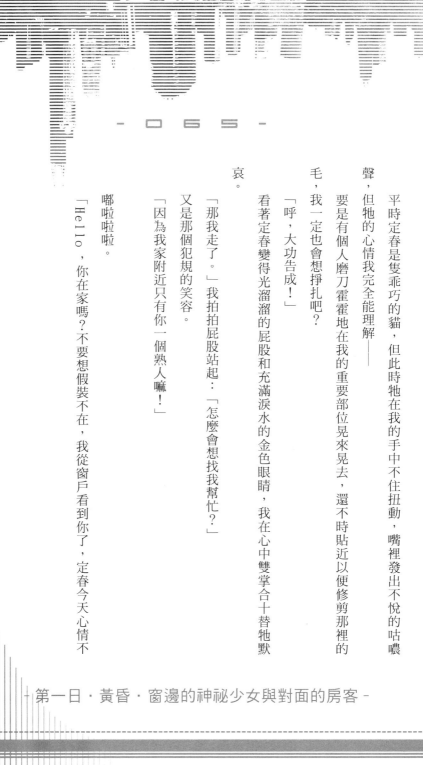

「因為我家附近只有你一個熟人嘛！」

嘟啦啦啦。

「Hello，你在家嗎？不要想假裝不在，我從窗戶看到你了，定春今天心情不好，不讓我剪指甲，對了，我煮了一鍋咖哩，還沒吃過的話一起吃吧！」

嘟啦啦啦。

「我的水喝完了，可是半夜我一個人不敢出去，可以陪我去便利商店買水嗎？」

不知不覺間，我已習慣了隨時會響起的電話（人的習慣真是太糟糕了），也習慣在打開窗戶時，會看見她抱著貓笑咪咪的對我招手。

我不由自主的舉起手，回以無奈的微笑。

在大多數的人眼中，我的行為大概就跟『好人』沒什麼兩樣，但事實上她的行為甚至稱不上任性，只能算得上是我行我素，『利用』什麼的想法她可是半點也沒有想過。

我猜……她只是把『互助』當作是理所當然的事。

雖然非親非故、也不是什麼家人朋友，她就是這樣單純的相信著我、也相信我會幫助她。

我並不討厭這樣。

嘟啦啦啦。

「Hello，你這幾天有空嗎？我下禮拜要出差，你可以幫我餵流浪貓嗎？不會很麻煩，只要把飼料放著就可以了，五分鐘後樓下見。」

在懶洋洋的午後，我拿著一袋快過期的貓飼料和報紙，拐進巷子。

陽光很大，平時老在這聚集的貓全不知躲哪裡去了。

我嘆了口氣，依照她的指示在報紙上倒了足量的飼料。

再次抬頭時，圍牆上有一隻銀黑相間的美麗動物凝視著我。

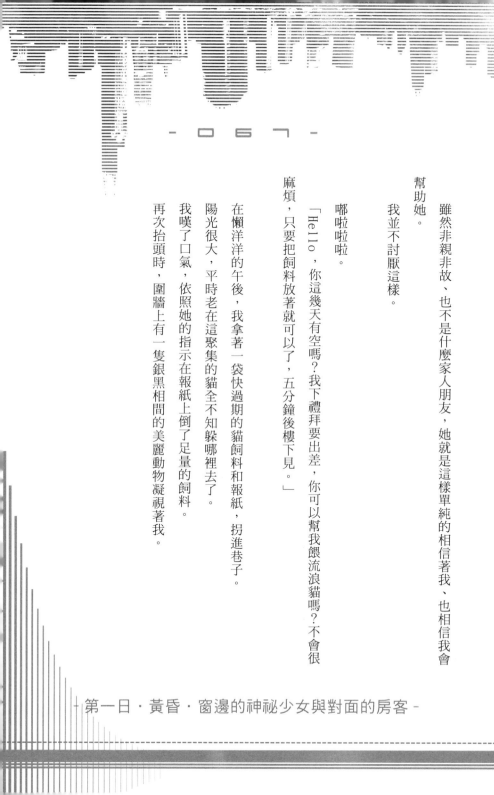

這就是我和貓的初次相遇。

回到現實。

在聽到『貓耳美少女』的求救後，我抱著貓迅速衝下樓，果然看見小文御用的粉紅小機車停在騎樓下，看來她外出的可能性很低，剛剛打她的手機又沒人接，現在只能想辦法直接去敲門了。

我抱著貓在大門前假裝散步，終於等到一個阿桑出門，在她懷疑的目光下挺直背脊往目標走去。

憑著隱約的印象到了門口，我鼓起勇氣按下門鈴。

……門鈴壞了。

我偷偷按下門把，門鎖著，我開始思考大聲敲門會不會引起鄰居注意，我可不想因為熱心助人而被當作可疑人物或色狼啊！

彷彿聽見我內心的吶喊，門的另一側傳來了急促的貓叫聲。

「喵喵！」定春緊張的喵喵叫。

「有人在家嗎？」我很自然的問。

「喵凹？」

「你是定春吧？你主人在家嗎？」

「咪！」

「她在的話去叫她來開門……啊！好痛！」我瞪向伸爪抓我的貓：「你幹嘛？」

「請停止這種愚蠢的行為。」

「……啊。」

我竟然在不知不覺間覺得和貓對話是很正常的事了，這種反常的日子要是再繼續下去的話，改天我會不會就在路旁和路燈暢談起來呢？

「在你耍笨的同時，我確認過了，除了那隻白貓外，有個女孩子倒在裡面。」在充份享受過我的懊惱後，貓得意洋洋的說。

「你怎麼知道裡面有什麼？」我好奇的問。

「當然是妖精的感應力呀！」

我沒理會貓的耀武揚威，拿起手機就要打一一九叫救護車。

「等一下！」貓跳到我的肩膀上，對著我的耳朵大叫：「不要叫警察！」

「你怕警察？」我不懂貓為什麼會怕警察，牠又不是通緝要犯，再說牠是貓，不要說偷吃了隔壁太太的魚了，就算偷了隔壁太太的內褲也不會被抓呀！

最重要的是……

「我想叫的是救護車而不是警察呀！」

「不要就是了！」貓用尾巴捲住我拿手機的手：「這點小事情我們可以自己解決，就不要麻煩人了。」

「喔，那麼就拜託了。」我比了個「請」的手勢，說：「開鎖這種小事就麻煩貓大爺了。」

「哼，這種人類就做得到的事，不要來煩貓大爺。」

貓的尾巴大力一甩，豪氣萬千的拍向一旁「到府開鎖」的廣告牌。

十分鐘後，一個黑黑壯壯的阿伯出現在眼前，白色的汗衫沾滿不知名的油污，腰包裝滿了可以打開各式門鎖的種種工具。

「啊你卡電話來時我謀有聽清楚，你素忘了帶鑰匙嗎？」

從阿伯親切的台灣國語中，不知為何我嗅到了阿伯滿滿的敵意，我開始後悔答應貓請鎖匠開鎖的提議了。

「謀啦，裡面住的是我的朋友啦！」我努力露出人畜無害的笑容，用有點殘破的台語回答：「她剛剛卡電話給我，講伊身體不爽快。」

「就奇怪耶內！今罵A年輕人那A安奈～」

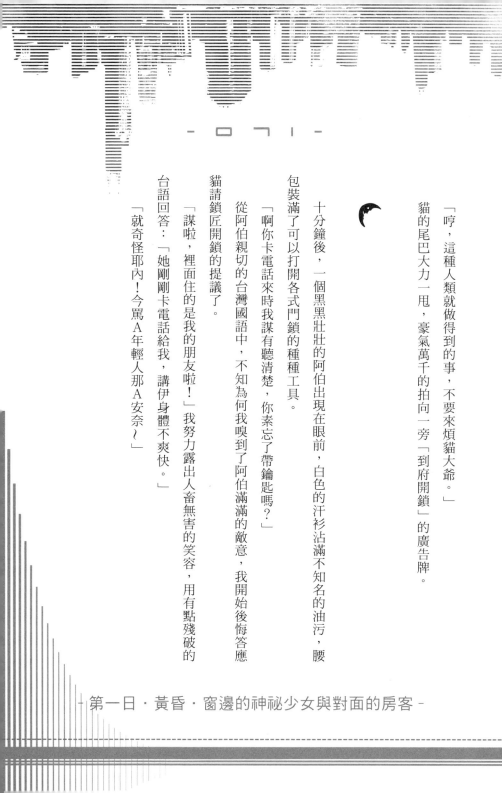

好啦！我承認這種情況確實是很奇怪，我也曾經覺得抱著貓走來走去的男人很娘，但是會愛護小動物不就是善良的證明嗎？阿伯！

阿伯很明顯的沒聽到我內心激情的呼喊，手拿一整串萬用鑰匙比劃著。

「你甘係想要騙偶？你先打手機給她，確定她要開我再開。」

「可素她好像昏倒了捏……」啊、我也開始講台灣國語了。

「至少電話響偶可以確定你真的認識她啦！」阿伯完全沒因為我講台灣國語而視我為夥伴：「快！」

我掏出手機。

「『您的電話將轉入語音信箱……』」

阿伯一臉『果然如此』的表情，不知何時鑰匙串已回到腰包，粗壯的手也很神奇的變出了一支手機——

等一下阿伯你要打給誰啊！

「阿伯你不要醬啦！」我努力地彎起嘴角，盡我所能的露出最善良最誠懇的笑容：「阿伯你看我生得這麼斯文，那有口能素壞人？」

阿伯高舉手機。

「我要叫警察了喔！」

說時遲那時快，阿伯已經迅速的按了一一〇，貓卻以更快的速度搭上阿伯的肩膀，臉貼臉、眼睛對眼睛的一瞪——

阿伯突然露出燦爛的笑容，悠悠然的收起手機，開始專心對付門鎖。

貓跳回我的肩膀，得意洋洋的將尾巴捲到我的脖子上。

「你剛剛對他做了什麼？」我好奇的問貓，看著貓期待的眼神，勉強地加了一句：「好厲害喔！你是怎麼做到的？」

貓被稱讚了，顯得有些得意洋洋，「我迷惑了他，這是貓妖精與生俱備的能力喔。」

「是類似催眠的能力啊……」我以前似乎聽說過『被貓眼迷住了』這一類的說法，但我真正想說的是……

早點這麼做不就好了嗎！

「唉……果然還是一樣亂啊。」

雖然已經來過好幾次，但每次打開小文的房門都是新的衝擊。

即使有了三個書櫃，小說依舊到處亂丟、堆積成山，和書間雜的是沒有摺的衣服，桌上全是化妝品，電腦前堆了兩、三本書，螢幕旁則貼滿了便條紙，有一次我想看那上面寫了什麼，卻被她以『討厭啦你好死相』的一掌推開。

不過這些都不重要，一進門我就看見小文半跪倒在床邊。

小文似乎沒有立即的生命危險，我決定先將她抱到床上，但這個簡單的動作比想像中還艱難（我不是暗示小文很重，而是我太久沒運動了），經過好一番奮鬥，我才將她抱到床上。

「喵。」定春擔心的在我腳邊打轉。

一開始看到貓和我一起出現，定春顯得有些警戒，但經過某些非常神祕的貓族儀式後，定春再次擔憂的回到主人身邊，貓則大大剌剌的在房裡晃來晃去。

小文的心跳和呼吸很穩定，額頭既沒有發熱也沒有發冷，只是不管怎麼搖怎麼大吼都叫不醒而已。

……不會只是太累了昏睡過去吧？

見我停下動作，定春就湊了上來，用那蓬鬆可愛的小腦袋在我腳邊摩蹭，牠的喵叫聲又細又撒嬌，一時間我很想把貓叫來，讓牠好好反省，好好學習一下什麼是正港的摩蹭。

不過這麼繼續陶醉在定春的撒嬌也不是辦法，還是得先打去醫院問問該怎麼處理才是。

才剛要掏手機，貓一勾一躍就跳上我的肩膀，居高臨下的瞪著定春。

「嗯哼哼……」

「……個頭！剛剛那樣很痛耶！爪子都抓進肉裡了！」

「爪子不伸出來固定哪跳得上去啊！」

「喵！」

定春這一喵，我和貓都停了下來，雖然剛剛那聲確實是喵，但我和貓都似乎都聽見了『有話快說』和背後深深的憤怒。

「不用打一一九了，因為這種情況醫院也沒辦法處理。」

「咦？」

「這個女孩被奪走了幾乎一半以上的記憶，而且記憶依舊隨時在流失，再這樣下去，她的身體只會越來越衰弱，誰也救不了。」

「雖然這麼說，但你有辦法吧？」

否則貓絕對不會說得這麼得意，貓嘴巴雖壞，但還沒那麼沒良心。

「她會這麼衰弱是有原因的，一來可能是和她每天去的場所有關，再來就是有特定的邪惡妖精跟著她……後者是不可能的，這個房間的場非常的乾淨，也沒有不好的東西跟著她……」

貓喘了口氣，「你知道這女孩除了家之外最常去的地方是哪裡嗎？」

「上班？」我只想得到這個答案：「不過不可能啊！我們在同一層大樓上班，怎麼她有事我沒事？」

「這種倒楣事你也想湊一腳啊？先別擔心，你要死的話會挺乾脆的，所以不用急著參一腳。」

更正，這隻貓挺沒良心的。

「她消失的部份大多是同一類型的記憶，而你可能正好缺乏那部份，所以才不會受到影響，值得慶幸的是，記憶被吸取到危及生命的事件非常少發生，依我的直覺判斷，這件事應該和你的死因有關。」

要是你的直覺不準我不就死定了嗎？

「她記憶流失的速度很快，今晚吸取她記憶的東西應該會過來，我們就待在這裡守株待兔。」

貓俐落的下命令。

「雖然她現在仍在昏迷，但最低限度的生理機能仍會運作，也就是應該還會自行去廁所解放，不過那是類似夢遊的程度，那時你就要幫忙餵她喝水，否則她不用等靈魂衰竭身體就會先完蛋。」

「好麻煩……」

「反正你以前一定也沒做什麼好事，就當作臨時抱佛腳，死前做功德，好好挽救自己的靈魂吧。」

「好過份。」

「咪！」定春突然叫了一聲，在我腳邊打轉兩圈之後，就往放置飼料的地方走去：「喵！」

「唉，你要的是這個吧？」我拿起紙箱裡的貓罐頭：「唉唉，為什麼貓不管會不會說話都那麼愛使喚人啊！」

第二日・凌晨・
模糊不清的現實與妖精打架

我做了一個夢。

隱約記得自己在小文的房間打地鋪，但夢中的熱氣依舊撲面而來。

行走間太陽燒灼著表皮，眼前的景色鮮豔到不可思議的程度，綠葉和天空濃豔得像是要滴下油彩，我舉手遮住陽光，但怎麼也擋不了無所不在的天空。

那已經是很久以前的事了，但是那片蔚藍色的天空仍像是近在眼前。

即使閉上眼睛，無邊無際的藍天仍燒灼著我的瞳孔。

夢中的我沒有意識到這件事，只是咒罵著炎熱並且加緊腳步，在踏入教室的瞬間，冷氣迎面而來，我滿足的輕嘆了口氣。

楠抬起頭，笑了。

不可思議的是，我可以清楚地看見自己的樣子——不知為什麼看起來總是很靦腆的臉，在她的注視下露出了幾不可見的淺笑，那時的我身材比現在瘦得多，也更加結實，而那因為和家人吵架而染成銀色藍色交錯的鳳梨頭，在窗戶竄進的陽光照射下變得相當刺眼。

「你來啦！藍色的移動鳳梨。」她用毫不留情的嘲笑代替了招呼，隨後便低下頭，翻著手上A4大小的紙，專注的看著。

她究竟在讀著些什麼呢？

不知道為什麼，就連在夢中也想不起來，只知道那是有段落的中文，因為楠看著看著不時會輕笑出聲，應該也不會是什麼嚴肅的東西。

夢中的我顯得很不自在，一直搔著藍色的鳳梨頭等她看完手上的東西。回想起來，那顆頭常被誤認為是在角色扮演，而事實上完全不是這麼一回事。

「為什麼要染成這樣？」

說真的，這句話已經聽到爛了，不過我的答案也是千篇一律。

「有一天早上醒來，覺得染成這樣也許很帥。」

其實一開始就沒有什麼了不起的原因，只是不想和別人一樣罷了。

也許有點幼稚，我不想和大家一樣是黑髮或染得棕棕黃黃的，也不想和大家一樣過著規律的人生，說白一點就是標新立異罷了。

我繼續看著夢中的楠。

教室沒有開燈，室外刺眼的陽光透入教室，使得室內蒙上一層不可思議的黃光。楠的側臉就在金光的中央，金色的睫毛隨著視線的移動微微的搧動，烏黑而筆直的頭髮閃閃發亮。

楠坐在我的身邊，很專注地讀著某些我記不起來的東西，那只是極其日常的風景，但這一切就像是烙印一般，我永遠也不會忘記……

醒來的時候，我以為我在哭。

摸了臉卻發現是乾的，我確實沒有哭，但是身體的感覺卻像是大哭過，眼睛很痛、整顆心揪在一起，鼻子不通，我用力的揉了揉臉，想抹去不快感，下一次睜開眼睛——

貓耳少女站在床邊注視著我。

稀薄的光線下，貓耳少女的身影透著水晶般的光澤，琥珀色眼睛閃爍著金光，在深處是變得尖細的黑色瞳孔。

注意到我醒來，貓耳少女動了動耳朵，依舊一言不發，我不自主的盯著她雪白的頭髮（以及那深處的耳朵），眼淚卻在我不自覺的時候滑落下來。

我不懂、為什麼會……淚水彷彿有意識般的滾落而出，就像是某一個部份的我仍沉浸在夢中哭泣，我卻什麼都不記得了。

好痛苦。心臟絞成一團，我用手背抹去淚水，卻無法抹去無以名狀的痛楚，我努力回想為什麼會如此悲傷，但我怎麼想都想不起來。不可能呀！不記得了就沒什麼好悲傷了，我不想要這樣。

貓耳少女輕輕碰了我的臉。

綿軟的指尖描繪著淚痕，湧出的淚水一一被指尖所吸收，濕熱的淚水竟消失在近乎透明的指尖上。

隨著淚水的消失，胸口的痛楚也在不知不覺中消失不見，徒留一片來不及補起的空白，悲傷的懷念感也消失得無影無蹤。

「妳是妖精吧？」我輕輕的問。

貓耳少女安靜的點頭，琥珀色的雙眸裡仍是一片漠然。

「那些……是妳拿走的吧？」

「是。」貓耳少女有些驚訝：「你還記得？」

和想像中的不同，貓耳少女的聲音綿軟而醇厚，聽起來有些中性。

「……不應該記得嗎？妳把那些回憶拿走了吧？拿的一乾二淨……我只記得我做了一個夢……」我試著回想那個夢，只隱約記得那個夢既溫暖又悲哀，既懷念又喜悅，夢裡的一切清晰到光是想起胸口就會疼痛的程度……

「我從來都不知道我忘了這麼多東西……為什麼非帶走那些回憶不可呢？」

「那個、是人類答應可以拿走的。」貓耳少女的話語中沒有溫度：「那是人類所殺掉的自己。」

「為什麼人非得那麼做不可呢？」

「誰知道，說不定不這麼做的話，就沒有辦法活下去也不一定。」少女冷淡的答道。

貓耳少女伸出手，天鵝絨般的指尖滑過我的臉，取走眼角最後一滴淚珠。

「至少，你剛剛確實想著『我不想要這樣』。」貓耳少女舔了舔指尖：「所以我應你的要求，取走你的記憶。」

原來如此。即使自己沒有察覺，也在無意識中渴望著遺忘，妖精則聽見了那些願望，取走記憶。

陷入沉思的同時，我無意識的掃視著房間……

「啊！」我竟然一直忽略這個線索：「你是……定春吧？」

貓耳少女動了動貓耳，冷漠的開口。

「對。」

「呃啊……果然沒錯，可是、可是……」我忍受著痛苦說出那個極其艱難的字眼：「所以、所以……你是……………………………………公的……不、男的妖精嗎？」

「……你都看過我的蛋蛋了。」貓耳『少女』小小聲、很委屈的說著：「……還拿剪刀在那邊晃來晃去……」

…………還我貓耳美少女啊啊啊啊啊啊啊！

我的震驚完全無法用言語形容──如果用漫畫的表現方式的話，我的精神狀態一定能完全呈現『孟克』的『吶喊』裡那張震驚的臉。

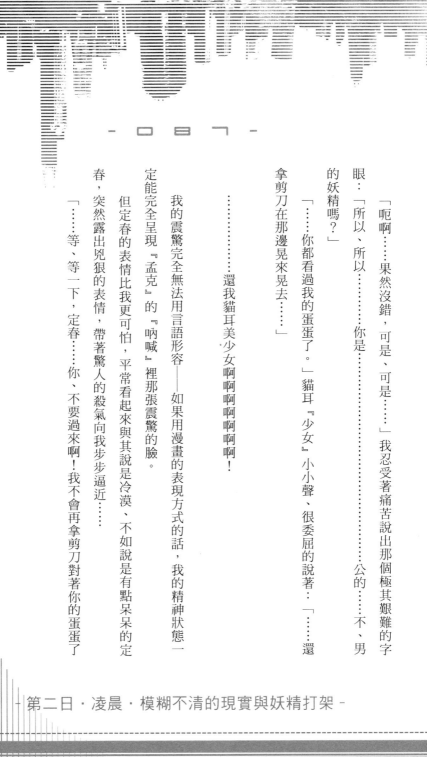

但定春的表情比我更可怕，平常看起來與其說是冷漠、不如說是有點呆呆的定春，突然露出兇狠的表情，帶著驚人的殺氣向我步步逼近……

「……等、等一下，定春……你、不要過來啊！我不會再拿剪刀對著你的蛋蛋了

──」

無視我的慘叫，定春向我撲來。

──刀刃掠過我的頭頂。

不、與其說那個是刀刃，不如說是機關槍一般的存在。

那群不知名的微小聚合物，在失去目標後在空中打轉。

貓說的沒錯，我漸漸看得見了。

原先只是空中模糊的黑點，彷彿相機逐漸對焦，影像越發清晰──

有如昆蟲翅翼般的黑色薄翅，拍擊著翅膀的姿態，以及在翅膀中央的醜惡人形……

全都看得一清二楚。

嘴裂到耳邊、雙眼是兩條邪惡的細縫、頭頂毛髮稀疏長出兩根尖角、鷹勾鼻垂到

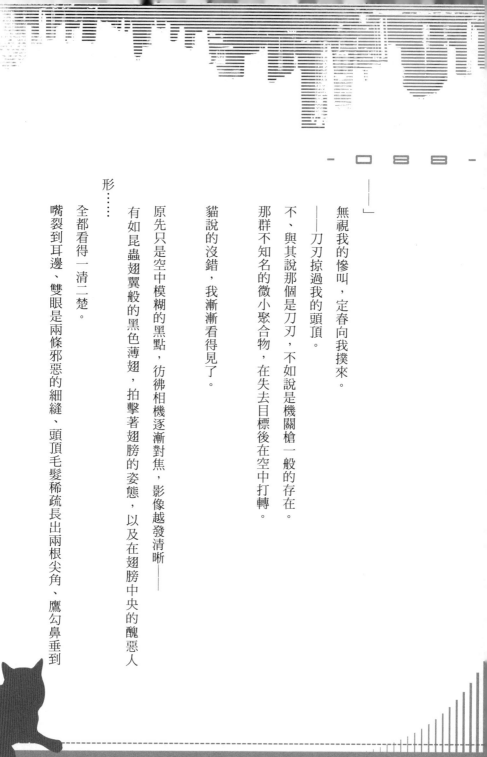

下巴，以及那扭曲到極致的邪惡氣質。

比起來，平平都是妖精，只是嘴巴壞的貓可愛了一百倍。

「嗡嗡嗡嗡嗡嗡嗡——」

密集到令人嫌惡的拍擊聲響起，黑妖精化身為子彈。

我回過神來，想往旁邊閃躲，雖然我已預測到黑妖精攻擊的軌道，但我的身體還是跟不上那個速度……

黑妖精已衝到眼前——糟了！躲不過了！

定春一把拉住我的手，轉身將我推向床的方向，確認我沒有受傷的臉孔淡漠如昔，隨即便以不可思議的柔軟度一躍而起，迎戰不祥之物。

羽絨般的白髮隨著跳躍搖曳，白襯衫隨之飄起，白皙的手腕閃電般竄出，彎曲指尖便成尖爪。

而那身姿的背景是……

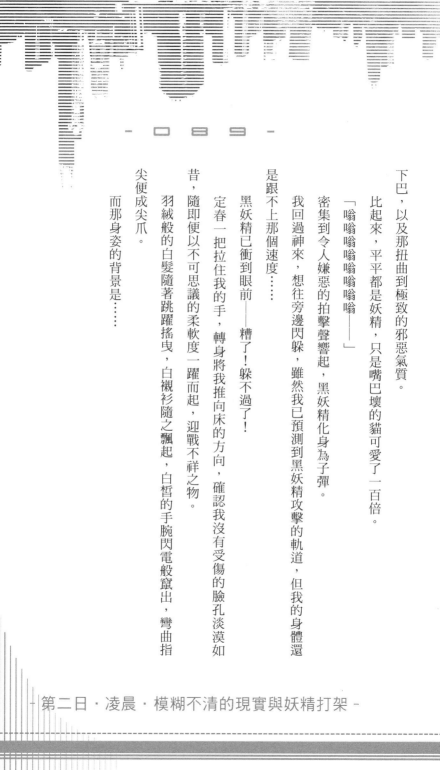

被那白爪所劃開、幾乎佈滿整個房間的黑色妖精。

雪白的妖精雙爪交叉成十字，單手撐地後單腳環掃。

如同蜂刺般的致命、有如楊柳那般的柔軟，如果對象是數隻黑妖精的話，那一定是單方面的殺戮，但是……

不夠、不夠、還不夠！

黑妖精有如潮水般的湧來，有如機關槍般不停地衝撞化為人形的定春。

一爪、一踢、一掃，就只是微微一偏，十數隻黑妖精衝破了定春的防護網。

一旁的貓不知用什麼方法擋下了一波，一隻斷了翅膀的黑妖精勉強擠過貓的防護網，一跛一跛的走向昏睡中的小文。

第二波黑妖精突破！

貓和定春都專注在眼前的對手上，雖然我幫不了什麼，但這隻黑妖精已經受了傷，這種程度我應該可以幫得上忙……

「嘰嘰！」

被我握在手中的黑妖精發出尖鳴，但在我感覺到觸感前，我的意識開始逐漸遠去，理智要我握碎手中的東西，但我連抓住牠的目的都遺忘了——

「……痛！」

「你這個笨蛋！」回過神來，貓已用前爪將我手中的黑妖精撕裂：「不要碰牠們！碰久了記憶會被吸乾！」

「我只是想要幫忙……」我委屈的看著手上的爪痕，這隻貓下爪就不會輕一點嗎：「你也想想辦法！你那個把記憶化為真實的能力聽起來亂強一把的，怎麼現在光擋別人打剩的都不夠力啊？」

「要改變現實需要很多很多的記憶，舉個例來說，要開個門鎖至少要收集二十份左右開門的記憶才有辦法實現，不過這也只是比喻，事實上還是有很多障礙。」

解說狂不愧是解說狂，貓一邊阻擋漏網之魚，一邊手忙腳亂的解釋：「再說你以為像是發出火球還是閃電的記憶到處都找得到嗎？這是現實又不是電動！」

「……前面又來了十隻左右喔。」我提醒貓。

「嘖！」

要說是電動的話，也不會出現這麼超過的場景吧！

至少應該是主角的我不會什麼能力都沒有，就算是等級一也有等級一的攻擊手段，這麼一說的話，這次戰鬥的失敗條件就是小文被敵人碰到，而勝利條件的話……想不出來。

唉唉，如果是遊戲的話，至少還會明確的寫出撐到第幾回合就算勝利，一股幫不上忙的無力感深深地壓在我的胸口，定春和貓在前線拼命，我竟然只能在這裡做一些無聊的想像，這時要是能來顆火球把那堆黑妖精炸飛就好了……

「啊……」

「嗚。」

貓因衝擊往後退了一步，一腳踩在我的手上，爪尖無預警的刺進指甲內的肉，我痛得一時間想放顆火球，燒了這滿天活像蟑螂的噁心生物——

「轟！」

一小團火燄突地自貓的頭上爆出，火燄出現不到一秒鐘，空氣中卻瀰漫著毛髮燒焦的味道。

「再想一次你剛剛想像的東西！」受害的是貓的眉毛，原本紋路漂亮的臉禿了一小塊，貓卻完全沒發現，興奮的叫道：「快點！」

……想像、想像……

我試著想像火球爆發的樣子，但貓禿了眉毛的臉讓我一點緊張感也沒有，為了專心，我只好閉上雙眼。

「嗡嗡嗡嗡嗡嗡嗡……」

「嘰嘰——」

「嘶—」

「咖啦—」

翅膀的拍擊聲，定春腳掌觸地躍起之聲、利刃劃破肌膚的摩擦聲……

我要的都不是這些。

從意識之中，攫取記憶中的火燄。

火燄……

火燄應該是……

既明亮、又鮮紅、活生生的跳動。

但這還不夠，這只是火燄的表皮……

燃燒的感觸是在營火前撲面的熱、火炎的熾熱是以指尖捏住燭火的痛，以及那在空中旋轉、無形無色卻令人窒息的暴風！

「就是現在！」

貓跳到我的肩上，有著什麼隨著貓的觸碰流出，然後被拋擲出去——

「轟！」

撲面的熾熱像是連皮膚都要燃燒一般……

一如我所想像、名符其實的火球在空中扭轉。

短短的瞬間，火球轟一聲的炸開，將房內所有的不祥之物吹飛出去！

在強光中我緊閉眼睛，即使如此我仍被逼出了淚水。

「……沒事了。」貓像是鬆了口氣的開口。

「……結束了嗎？」我有些不好意思的抹了抹眼角的淚水：「……定春呢？」

仍保持人形的定春瞪著空中焦黑的碎片，穿在身上的白襯衫裂成一片片，雪白的肌膚上滿是血痕，蓬鬆的白色尾巴也沾上了血跡。

我走到牠身邊，想拉牠一把，牠卻只是搖搖晃晃的走到小文身邊，看著她的睡臉，才放心似的嘆了口氣，倒了下來。

「定春！」

我才剛踏出一步，床上閃過一道白光，定春已變回貓形。

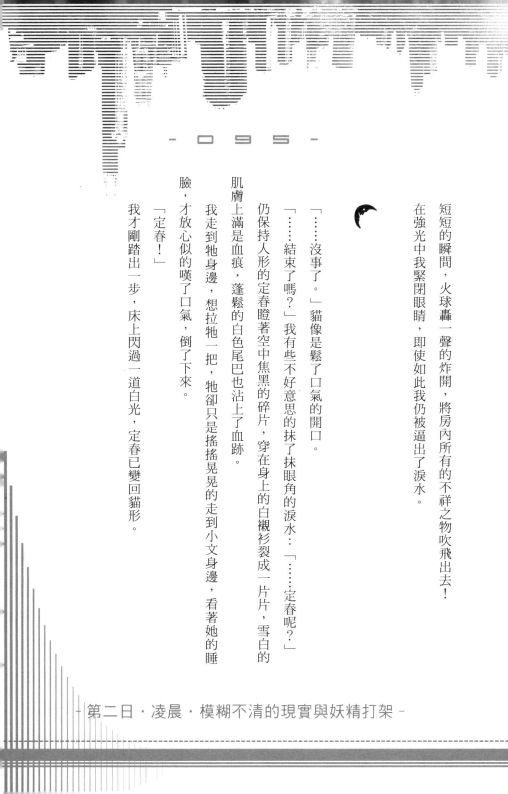

我拿開染血的白襯衫，抱起變回白貓的定春，感覺到我的擁抱，定春眨了眨眼睛，喉嚨發出意味不明的叫聲便再次睡去。

「別吵牠，牠只是力量用盡了。」

「嗯。」我把定春放在小文的枕頭旁邊（雖然有點蠢，但我還是幫定春蓋了被子），才回頭問貓：「剛剛到底是怎麼回事？」

「和平常一樣，我把記憶轉換成現實。」

「但你剛剛也說了，哪有可能會有發出火球的記憶啊……又不是在幻想……」

咦？

「你說的沒錯，我剛才確實把你的幻想化為現實了。」

「但是，幻想和記憶是不一樣的啊……」我一頭霧水。

「那麼，幻想和記憶的差別在哪裡呢？」

貓不等我思考，很快的回答了自己的問題。

「幻想和現實的差別就在於真實性！換句話說，幻想是不夠『具體』、較為模糊的，單純的幻想也不可能顧慮到所有的感官，可能只會想像出影像，但相對的，記憶在不清楚時也會用想像來補足，記憶既會參雜著想像的部份，也會因記憶的不足，而在他人的影響下將想像當作記憶的一部份，簡單的說，記憶也不是絕對真實的，在兩者都不是完全真實的情況下，對妖精來說，其中最大的差異點就在於……」

喔喔，重點終於出現了。

「濃密度。」見我一臉茫然，貓解釋道：「舉例來說，即使是同一件事，幻想只能提供妖精一點的ＭＰ（魔力值），但記憶就能提供一千點的ＭＰ（魔力值），假如我要把記憶化為現實需要一萬點的ＭＰ（魔力值）的話，就需要一萬份的幻想，或是十份的記憶，所以幻想和記憶對妖精的價值是完全不同的。」

「……恕小的愚笨，可以告訴我以上那些解說和那發火球有什麼關係嗎？」

「我只能將『記憶』轉換成『現實』，你的『幻想』的真實性直逼『記憶』，所以我才能執行轉換。」

「等等、也就是說……只要是我想像得出來的事，你就能化為現實？」這個能力也方便得太超過了吧？

「理論上是這樣沒錯，等等有空可以練習看看。」

「可是……為什麼我和別人不一樣？」

「誰知道？大概是因為你的想像力太豐富了吧？」貓打了個呵欠：「不然就是你有特別鍛鍊過？」

「這倒是沒有。」要說有練過的話也勉強算是有啦！不過那也已經是很久以前的事了。

「那不重要，總之，我已大致掌握了黑妖精的來向，你也獲得了攻擊的手段，真是可喜可賀。」貓揮了揮尾巴，打了個大大的呵欠：「我也累了，其他的等睡醒再說吧！」

這麼一說，的確是累了，我半瞇著眼尋找床墊，才發現房間除了有些紊亂外（雖然本來就很亂），並沒有遭到想像中應有的破壞。

我戳了戳已擺好姿勢準備入睡的貓，提出我的疑問，貓連頭都不抬，懶洋洋的說：「黑妖精的目的是小文，而且那種妖精的構造上只會被意識體吸引，除非收到特別的指令，不然不會對現實進行破壞，你的火球也是針對黑妖精不是真的想炸了房間吧？不要想了，先好好休息吧……呼……」

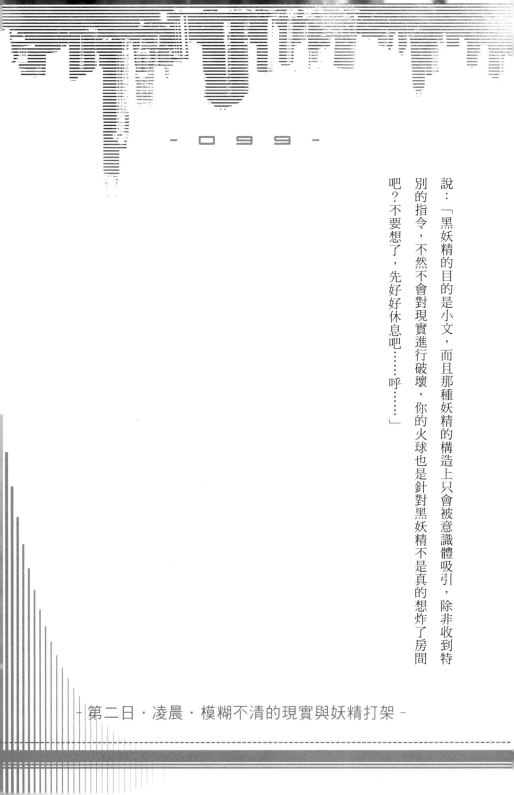

第二日・早晨・
假日加班尋找線索與變形的街道

電腦桌前橫七豎八的都是展開的書，螢幕旁放了一本、膝蓋上也放了一本。

「妳到底在幹嘛啊？」

小文從書堆中抬起頭，「寫小說呀。」

「白天上班，晚上還要寫小說這樣不辛苦嗎？」

「嗯，很辛苦呀，各式各樣的煩惱很多喔！大眾的想法啊、自己的想法啊、好寂寞好煩惱……要怎麼努力下去之類的，但是寫的時候還是很開心喔。」小文露出燦爛的微笑：「怎麼？你要幫我看看嗎？」

「拍謝，我不太愛看字多的東西。」

我說了謊話。

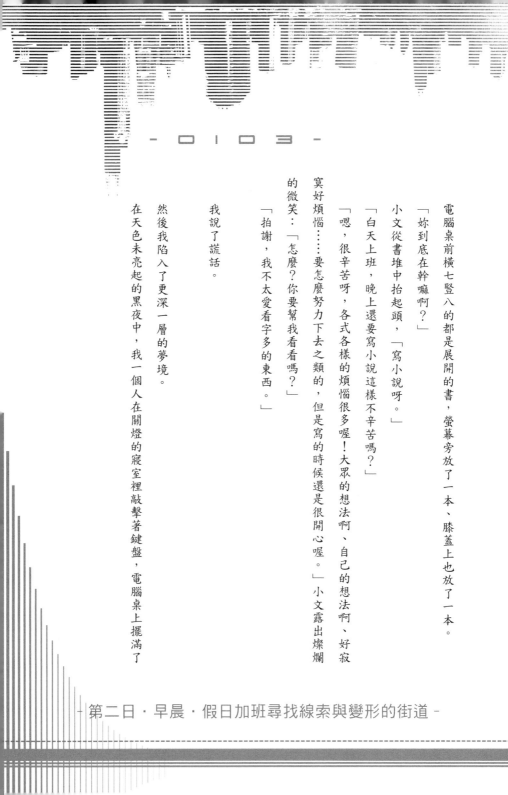

然後我陷入了更深一層的夢境。

在天色未亮起的黑夜中，我一個人在關燈的寢室裡敲擊著鍵盤，電腦桌上擺滿了書，正中央是那本字跡混亂的黃色筆記本。

明明既孤獨又疲憊，為什麼胸口中浮動著莫名的雀躍？

第二天楠從我的手中接過幾張紙，我坐在她身旁，緊張地偷看她的表情，她皺眉、她笑、她拿起紅筆圈出了錯字，發現我在看她時，抬起頭惡狠狠的瞪我一眼。

夢見過無數次這樣的夢。

也忘記了無數次。

雖然醒來一定會忘記，不忘記不行，但我有一種奇怪的感覺……

也許夢中的那個我才是真正的活著。

現實中無聊的生活，只不過是一場淺眠而持續的惡夢。

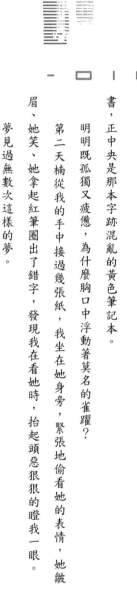

貓的一記貓爪和我的慘叫劃破了清晨。

「快起來！再睡下去你就要死啦！你的生命只剩下兩天！」貓整隻站在我的身上，銳利的貓爪不斷拍打我的臉：「快點！要出發去找黑妖精打哪來的！還是你要直接睡到死掉為止？」

貓毫不顧慮我脆弱的心靈，一大早就提醒我殘酷的現實，為了不要再被貓爪攻擊，我不甘不願的起床後，轉過頭不願看向貓。

「咪？」

一轉頭就對上定春的視線，恢復成白貓的定春停下了理毛的手，一臉『為什麼盯著我看？』的可愛模樣。

「你還好嗎？」

我拍了拍牠的頭，才被這麼一摸，定春就撒嬌似的在我的掌心摩蹭。

「還不能變成人形嗎？有什麼能幫得上忙的地方嗎？」

「嗚。」定春停下了動作，金色的貓眼若有所思的盯著我。

我有些疑惑的低下頭：「怎麼了嗎——」

雪白又小巧的耳朵動了動，定春才下定決心站起——

湊上前，碰了我的嘴巴一下。

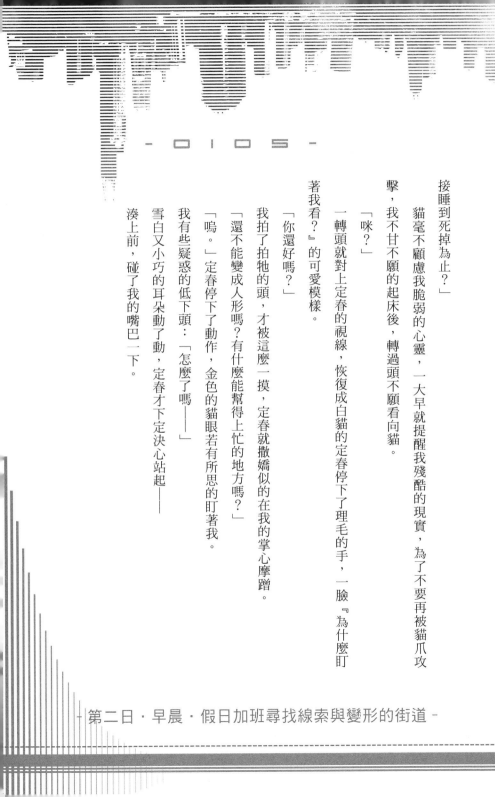

我的腦袋一片空白（不是因為被親的關係），一時之間我連身處何處都無法辨認，再次回過神時定春已化為人形，他小巧略矮的鼻尖就近在眼前。

「好多了。」定春舔了舔嘴角，耳朵像是滿足似的放鬆了：「咦？你的臉怎麼那麼紅？」

光滑細緻（而且一絲不掛）的肩膀就在我的眼前，我不敢往下看，雖然理智告訴我：『牠只是一隻貓』、而且還是一隻『公貓』，但光是這樣看著牠的肩膀就讓我暈眩……

「我先穿個衣服，等我一下。」定春說。

「為什麼？」

定春理所當然的回答：「因為我也要去啊。」

十分鐘後，我騎著機車踏上了調查真相的旅途。

在等待的期間，我應貓的要求打開了線上地圖，貓問了幾個問題後，很快地指出黑妖精的來處。

不知是巧合而是某種命運，貓所指定的地點就在公司附近。

我催著油門騎在每天上班的路上，祈禱貓的方向感沒有問題。雖然牠是用感應的，但要指出感應的地點在地圖上的何處，也不是容易的事。

「不要說我壞話！用想的也不行！」貓從胸前的背包探出頭，被我用左手趕緊壓了回去。

「噓。」我喝止貓，要是讓別人發現貓會講話還得了。

考慮到貓要使用能力需要盡可能和我貼近，才方便取得第一手的「記憶」，所以我只好把貓放在背包裡，再把背包背在胸前。

貓似乎不太習慣機車的震動，常從背包探出毛絨絨的腦袋，引起路人的注目。

「我不探頭出來看怎麼知道你有沒有走錯？你在鬧什麼彆扭？」

「……他是在害羞。」定春說。

背後傳來中性而悅耳的聲音，不用回頭，我就可以想像定春這時的模樣。

略為寬鬆的無袖背心露出勻稱的手臂，為了方便活動，定春纖細白皙的長腿僅穿著包不住大腿的短褲，小腿卻反其道而行的包裹在白靴中，半罩安全帽更掩不住飄逸的白髮——想也知道多麼的引人注目。

「害羞？」貓好奇的問：「一個大男人也會害羞？」

「他給我記憶時也很害羞……」定春若無其事的靠在我的耳邊輕聲說道：「對了，你別想太多，剛剛那個你就當作被貓親了一下吧。」

你本來就是貓啊！

我閉上嘴，不與這兩隻壞心眼的貓咪糾纏，默默地催油門加快速度。

長而蜿蜒的道路展現在眼前，角度陡峭的上坡及連續的彎路令人望不見盡頭，兩側除了賺上班族錢的早餐店外，幾乎沒有住家，是一條只為了通往某處而建設的道路。

會到什麼地方呢？剛騎上這條路的人一定抱有某種期待吧？但這份期待隨著每日例行的移動而減弱，最後消失殆盡。

這就是我每日所見的風景。

除了胸前背了隻貓、背後坐著活像辣妹的公貓妖精外，就像是過去沉悶的每一天的開始，才剛湧起『也許繼續過著無聊日子』也不錯的念頭，鮮紅的物體就從眼前一閃而過——

「不要理會！繼續騎！」貓鎮定的發出命令：「還有餘力的話，就在心裡想著『不要靠近』。」

某物似乎只是前來偵察，隨著機車的前進不停地在電線桿間跳動，沒有皮膚覆蓋的軀體在跳躍間滴下不明的水滴，長舌自裂至頸邊的大嘴不斷吞吐……

不行！

我將注意力拉回，試著專注在路況上。這時我才明白，我已踏入了即使是我也能看出的……

非人之境。

我每天都經過的道路，此時，像是即將煮沸的水面不斷滾動，空氣是灰濁而絕望的漩渦，在浮動之餘有如濃稠的黏液覆蓋在肌膚上……

在浮動的氣泡中，躲藏著各式各樣的身影，矮胖的、有翅膀的、沒翅膀的、有人形的、沒有人形……甚至是好幾種生物組合起來的物種，全部都注視著我們。

這不算什麼，這些恐怖片都看得到，比起這更可怕的是……有如怨靈一般的意念，覆蓋了整個區域。

「怨念好重的地方啊！」

貓突如其來的評論讓我噗嗤的笑了，這時一顆巨大的血紅眼球進入我的視線，笑聲頓時變成乾嘔。

我忍住反胃的感覺說：「要說怨念好重也沒錯，這裡面大概充滿了『上司去死吧！』、『帳為什麼又不平啦！』、『IC量不完！』之類的怨恨吧。」

「不只是那種東西，我從來沒看過這麼強烈的憶場……」貓不安的說：「等等！那個到底是……」

不用貓說明，我已看見了那棟熟悉的建築，那是我的公司所在的大樓，美其名為高層廠房，乍看下更像是廢棄大樓。

只是那棟大樓，不再是我平日熟悉的樣子，淡粉色的建築外頭蒙上一層灰藍的薄霧，一條聯想到臍帶的鮮紅肉條圍繞著整棟建築物。

髒兮兮的高樓上方有一個漩渦，濃濁的紫色、血一般的鮮紅、太陽的金紅與月亮的銀白，無數美麗的光流攪動在一起，成了小朋友調色盤上、無法形容也無法命名的詭異色彩。

「恐怕……有什麼要誕生了。」貓說。

在漩渦的中心、有一個粉紅色的、小小的胎兒，在跳動著。

既醜惡、又美麗的……

那個胎兒在呼喚著我。

那是無比甜美誘人的呼喚，愛撫著、碰觸著凍僵而糾結的我，如同嚴寒冬日中被熱水包圍的瞬間，我無法抗拒，也無法離開。

來吧、來這裡、這裡有你所想要的東西。

我邁開腳步，走向前，卻有人從後面拉住我。

不要！我要過去！我想要的東西就在那裡！我四肢並用的掙扎、推擠，盲目的往高樓前進，但那雙手只是堅定的拉住我。

「你不能過去。」

有一個聲音很抱歉似的說著，有什麼柔軟的東西碰到我的額頭，呼喚我的聲音變得模糊，最後變成一片空白。

「醒了沒？」貓舉起手亮了亮爪子，「需要來一記貓爪讓你清醒一點嗎？」

「這就不用了。」說出口的聲音沙啞的不像是自己的，我摸了摸鈍重的頭，四處張望：「我在哪裡？」

「半路上。」貓說。

和貓說話讓我清醒了一點，在我失去意識時定春把我抓回機車上，自後座代替失去意識的我騎車。

「到這裡應該就沒問題了。」

似乎是離開了危險地區，定春將機車停在路邊，指了指我的臉，遞手帕給我。

我愣愣的接過手帕，一擦才發現眼淚鼻涕全糊在一起。

「還有其他不舒服的地方嗎？」定春問。

除了有點耳鳴，全身上下都沒有不舒服的地方，我搖了搖頭：「我沒事。」才剛說完，我原本以為是耳鳴的聲音突然提高，變成某種像是歌又像是說話的聲音，那聲音在訴說著……

「只要來到這裡，就可以取回我永遠失去的東西。」貓狠狠地抓了我的手，一臉鄙夷的說道：「你該不會相信這麼老套的說法吧？」

「老套會變成老套就是因為有效呀……」我薄弱的反駁。貓舉起爪子在我的眼前晃了晃，我頓時變得清醒了不少：「剛才到底是怎麼回事？我的公司怎麼會變成這個樣子？」

「那是夢想破滅的記憶的集合體……這就是一切事件的起因。」貓見我一臉困惑，繼續說：「我之前說過，相同的記憶會聚集在一起，而這個區域最常會出現的記憶會是什麼？」

「我不想上班、不想加班、上司去死那一類的？」上面這三句話我每天至少會說十次以上。

「沒錯，但這些願望可以實現嗎？不行，許多夢想在這裡被壓抑、而後破滅，長久累積下來成為了強大的場，而從這破滅之場中，有一個新妖精要誕生了。」

「那會怎麼樣嗎？要說妖精的話不是到處都是嗎？」至少我剛剛就看到不少。

「這不是普通的場、也不是普通的妖精啊！不然你說說看，這個園區有多少人？」

「我沒什麼概念，不過幾千……應該有好幾萬人吧？」我說。

「知道了吧？這是前所未見的強大妖精，而剛誕生的妖精只會依照本能和記憶行動，但『它』擁有的記憶只有失落的夢想和絕望，你說，在這種情況最有可能冒出的念頭是？」

「真想把園區炸掉？」

……這就糟了。

「等等！你剛剛說一切的原因，小文會昏睡也是因為這個？」

「沒錯，要誕生新的妖精需要非常大量的能量，因此不光是人們選擇遺棄的記憶，憶場會主動吸取人們的記憶，不只是夢想破滅的記憶，只要是和夢想有關的記憶『它』全部都要喔。」

「但為什麼只有小文有事？」

「因為大多數人不是放棄了夢想，就是連有夢想這件事都遺忘了。那女孩的記憶裡，絕大多數都是和夢想有關的記憶，普通人被奪走那些記憶，大概只會覺得少了什麼，但沒多久就忘了這種感覺、繼續過日子，但對她來說卻是幾乎失去了相當於靈魂的記憶啊。」

「等等，妖精的誕生不只需要強力的場，不是也需要一個類似核心的東西嗎？」

「沒錯，而核心很有可能是小文的記憶，因為對於妖精來說，你和她的記憶都相當的美味啊。」

我對自己美不美味一點興趣也沒有。

「先不管這些，有解決的方法嗎？」我緊張的問。

「唯一的方法是在妖精誕生的瞬間，奪走讓他誕生的核心……」

「不能夠事先阻止嗎？」我懷疑的問。

「不行，現在這裡充滿了不安定的能量，在這種情況下戰鬥，就像是在充滿瓦斯的地方點火一樣啊！」

貓用充滿戲劇化的口吻說完，定春在貓背後默默地做了一個爆炸的手勢。

「難道不會有人來制止災難的發生嗎？」

「有誰會阻止自然災害的發生呢？」

「也是啦。」

在看不到妖精的人眼中，不管發生了什麼事也只能當作自然災害或意外接受。

「就是這樣，謎題總算是解開了……這時候要說什麼？以我爺爺的名聲發誓，我一定會解決案件？」

「……是找出兇手啦！」這隻貓到底是從哪邊學這些有的沒有的呀！

我無力的坐在機車上。

沒想到謎團竟然就這樣不知不覺的解開了，雖然早點弄清楚是好事，但這麼快就發現原因，一點解謎的味道都沒有啊！

這種情況如果出現在漫畫，旁白大概會出現『因為頁數（字數）不夠了，所以勇者們很快的就解開了謎團』來吐嘈吧？

……不對！

「我還不知道我為什麼會死啊？」我跳起來說道。

「那個的話還是不清楚，不過和這件事一定有關就是了。」貓說得有點心虛。

「等等，就算知道了解決方法，但我們真的會有勝算嗎？」

「沒問題的，貓妖精多少都能看穿人們短期的命運，來往這裡的人短時間內沒有人會死，所以最糟的情況應該不會發生。」定春很難得的說了一長串的話。

「那我呢？有救嗎？」

我看向定春的眼睛，希望牠能給我不同的答案。

定春很快的移開了視線。

「我會努力幫助你的。」定春小聲的說。

「沒救就沒救了，不用說得那麼好聽啦！」貓說話還是那麼直接：「為了提高勝算，回去就開始特訓！」

「喔喔，你們加油啦！」我誠心誠意的祝福定春和貓。

「嗯哼哼，你的確是該加油呢。」貓不懷好意的看向我：「人家今晚不讓你睡了喲……」

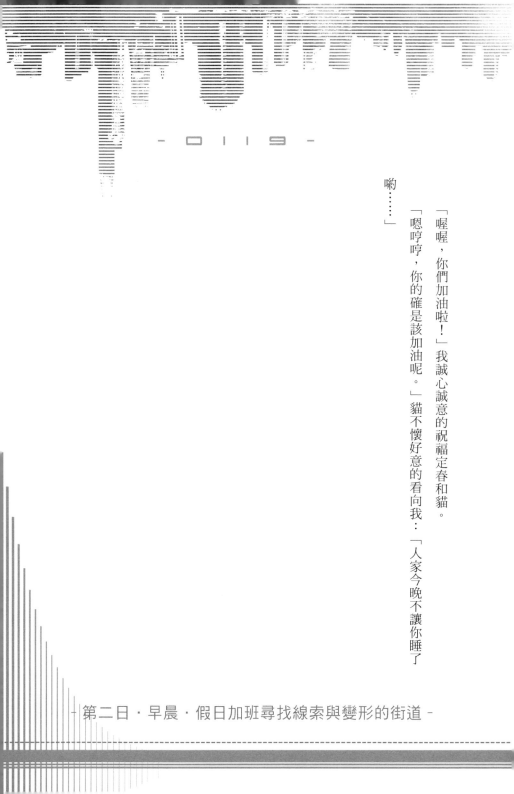

第二日・正午到零時・
所謂的特訓就是不眠不休

總之，特訓開始了。

五光十色的擂台、熱血的配樂、健美性感的女戰士站立在擂台的中央，在比賽開始的瞬間衝向對手。

肘擊、抓住空隙拉住手腕將之摔倒，趁敵人無反擊之力時將敵人的手腳纏成球狀，在壓迫其肉體的同時更屈辱對手的精神……

對手在暈眩下掙開了糾纏，才剛站起，又被對手繞至身後，立身絞首後，再次被擊打在地。

「再用力一點！你這沒用的東西！」貓激動的大叫。

「……又被打了。」定春冷淡的說。

「沒關係，被打也可以看不同的招式，那個沒用的傢伙用來用去都只會用那幾招，真是沒用。」

貓重複了兩次沒用，看來牠真的覺得我很沒用……可是這個又不是我買的遊戲！

我根本沒玩過這個遊戲呀！

「剛剛那招不錯，請再被打一次。」定春一臉平靜的說出過份的話。

「真狠，這招用在人身上應該斷了吧……就是這裡！被打得好啊！請用慢動作！這邊旋轉畫面！要把動作流程記清楚啊！」貓在電視前不斷比手劃腳。

「咳……」我試著開口。

「可別說你累了，招式沒記好到時死的可是你。」貓惡狠狠的打斷。

「招式記好了想換片嗎？」定春很貼心的問。

我嘆了一口氣，重重的放下手把。

「這樣子特訓真的有用嗎？」

說是特訓，這大半天下來我只是瘋狂的打格鬥遊戲。

感謝小文的收藏，鐵拳、劍魂、生死格鬥（這片因為我老是注意胸部的晃動所以派不上用場）等格鬥遊戲應有盡有。

除了遊戲外，我也被迫看了一堆電影（光是霍元甲和葉問的戰鬥場面就看了十次以上），這一切都是為了……

加強定春的戰鬥力。

依照貓的說法，每隻妖精都會有其獨特的能力，但定春之前損失了太多能量（似乎是因為牠把記憶分給小文，但詳細情況並不清楚。嚴格來說貓有很多事都搞不清楚），所以目前沒辦法使出能力，但一般貓妖精做得到的定春也做得到。

「那……稍微測試一下？」定春抓住我的手腕，輕輕一轉。

「咦？」

兩腳突然懸空讓我叫了出聲，這時定春另一手架在我的關節處，我感到手肘一緊，眼看著就要脫臼，定春才改扶住我的腰。

「力道還可以嗎？」定春問。

你以為這是按摩嗎？

「這樣對妖精也有用嗎？」我問。

「嗯，只要是你記起來的招式，我全都能做出來，而且，你的記憶非常的強勁……」

人形的定春忽然靠了過來，鼻尖輕觸我的臉頰。

琥珀的貓眼因記憶的補充閃閃發亮，粉紅的小舌輕舔嘴角，儘管這一晚已經好幾次了，但我的臉還是火辣辣的燒了起來。

「謝謝招待。」

只不過是給個記憶，為什麼我會有一種被吃乾抹淨的感覺？

「被一隻公貓親你害羞啥？」貓的聲音有莫名的酸味。

「接下來換我，這堆災難片和戰爭片好好看一看，想活下來的話，就好好把各種攻擊手段記下來吧！」

如果你的生命只剩下一天，你會選擇做什麼？

大多數的人或多或少都看過類似的問題，每個人的答案也各有不同，有人會荒唐度日、有人要完成夢想、有人要回到家人身邊、有人要繼續日常的生活……

我卻在（也許是）人生的最後一天拼命的浪費生命。

在貓滿意的點頭時，天已經亮了又黑黑了又亮，我的眼前全是火球閃電過肩摔的殘影。

眼睛疲勞得快睜不開了，卻沒有想睡的意思，定春已經變回貓形，蜷在小文身邊睡著。我輕輕的帶上門，坐在陽台邊，看著天色一點一點的變亮。

沒聽到半點聲音，貓已走到我身旁。

「有信心嗎？」貓問。

「沒有。」我老實的回道。

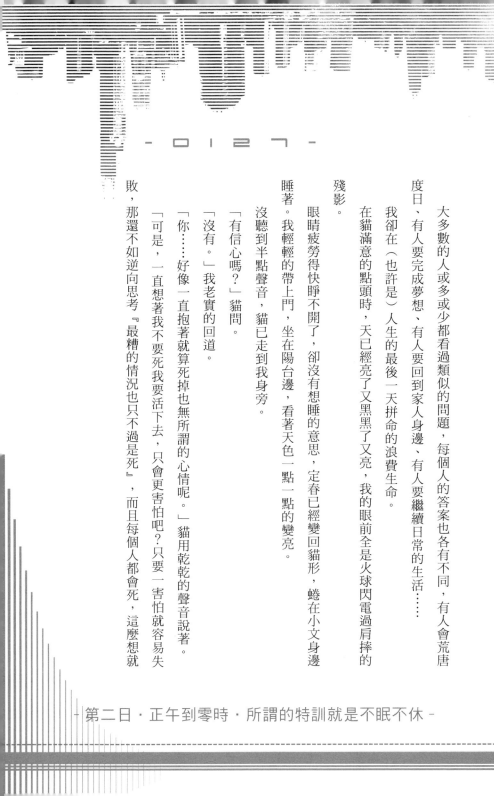

「你……好像一直抱著就算死掉也無所謂的心情呢。」貓用乾乾的聲音說著。

「可是，一直想著我不要死我要活下去，只會更害怕吧？只要一害怕就容易失敗，那還不如逆向思考『最糟的情況也只不過是死』，而且每個人都會死，這麼想就覺得沒那麼糟了。」

「但是誰都會害怕啊！」

貓像是在說服我一般，執拗的說：「就這樣死了，難道不會不甘心嗎？你難道沒有放心不下的人和非做不可的事嗎？」

「人到了某個時候就會沒有熱情，只剩下疲憊，現在的我暫時沒有那種心情。」

我半瞇著疲倦的眼睛，輕輕撫摸貓的頭。

「就算是我覺得非做不可的事，那件事也只有我能做，但事實上在別人眼中那也是做不做都無所謂的事啊……」

「可是，我不希望你死啊！」

貓不高興的抓了我的手。

我停頓了一下，只覺得腦袋迷迷糊糊的，搞不清楚貓為什麼這麼生氣，我對於貓來說應該只能算是不定時飯票，應該沒那麼嚴重吧？

「小文也會餵你罐頭的。」我試著安慰貓。

「我不是那個意思。」

貓的聲音聽起來有點難過，但沒有必要難過，因為連我都不難過了。

我輕輕撫摸貓的頭，黎明悄悄的來到。

第三日・黎明・
決戰時刻總是讓人小鹿亂撞

旁白：「因為字數不夠所以過程全部省略，總之眾人踏上了打敗大魔王的旅程……」

這當然是假的。

我只是想試著搞笑，因為在睡眠不足的情況下，不管做什麼都感覺隔了一層薄霧，我好像機械化的做了很多事，又什麼都不記得………

總之，我在什麼都搞不清楚的情況下上了路。

我恍惚的催動機車油門，胸前背著貓，背後載著變身為美少……年的定春，而且定春還沒有戴安全帽，理由是安全帽壓到耳朵會很痛。

因為實在太想睡了，就算定春不戴安全帽會不會被警察攔下來，我也完全不在乎了……

真的好睏啊，我又打了一個哈欠。決戰還沒有開始，我就先把自己搞得半死不活，實在是令人相當不安，但貓卻認為這樣才能快速的進入想像的領域……

什麼想像的領域，要進入睡眠的領域還比較快。

但在不清醒的情況下，沿路光怪陸離的景象不像上次如此的有壓迫感，反而變得能接受了。

眼前的景象有如煮沸的麥芽糖般啵啵的鼓動著，細小的、看不清面目的妖精像纏著大便的蒼蠅飛來飛去，行動緩慢的不明物體則像蛆蟲一樣的尾隨在機車之後……等等！我為什麼要把自己比喻成大便？

撇開被這些妖精攻擊的可能來看，其實我不討厭看見這些妖精，甚至抱有某種好感。

哥布林、史萊姆、鳥身女妖、眼球怪……他們的外形與名字我都相當熟悉。我認識他們，或者說在那玩得沒天沒夜的日子裡，我曾在某片被遺忘的遊戲、忘了名字的書裡，見過他們全部。

回想起來，我不只一次的想像著他們的存在，那時的我還夢想著自己能成為不一樣的人、夢想著有魔法，現在即使遇見了真正的妖精，能使用某種接近魔法的能力……

我卻已經變成沒用的大人了。

「注意前面！」貓大喊！

前方捲起了一道旋風。

捲起旋風的、是手部扭曲成巨大鐮刀的有翼怪物。

那在遊戲裡會被稱呼為鐮鼬還是飛鐮之類的怪物，以一種要將我和機車一刀兩斷的氣勢向我們衝來！

第一時間我只想逃走，以直線飛行的怪物無法瞬間橫向移動，但目前機車正以時速七十的速度前進，路程才過了一半，棄車而逃邊走邊殺可能會沒完沒了……

所以只能前進了。

機車在強風下左搖右晃，巨鐮女妖醜陋的巨翅拍動時發出呼呼的聲響，足足有半根電線桿長的巨鐮閃閃發亮。

雖然我早已習慣這個城市的風，但這種程度的風還是太超過了……

「不要想一堆亂七八糟的東西！」貓說。

「我正在試著撇開恐懼感……好啦，別抓我！我要開始想像了。」怎麼在這麼危險的情況下貓還這麼囉哩八唆！

風好大，我的眼睛幾乎睜不開了。

那就閉上眼睛吧！

路是直的，看著巨鐮女妖也只會被擾亂而已。

想像。從記憶之海打撈記憶。

狂風刺痛著臉頰，白亮的刀尖隨時會吻上我的臉，本能要我趕快逃開，但我知道我此刻唯一能做的是……

想像。

短時間內我只能想起六角形的橘金結界……仔細想想，這根本是新世紀福音戰士裡的AT力場、但沒空吐嘈了，我現在只能想像。

有著相同中心的多重六角形，不可侵犯的領域，那光、那聲音、那觸感……

我想像著絕對的防禦結界……

不、我祈禱著……想像能夠成真。

後腦一陣暈眩，貓捕捉了我的『想像』，然後、化為『真實』。

橘金色的六角形結界豎立在我的眼前！

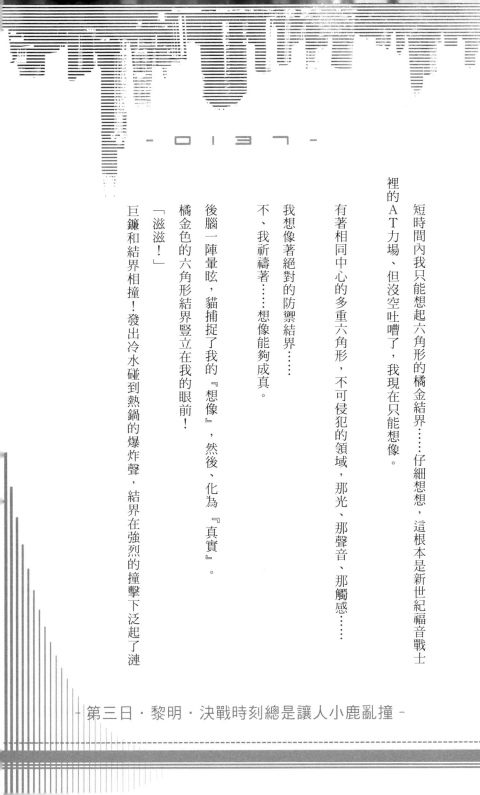

「滋滋！」

巨鐮和結界相撞！發出冷水碰到熱鍋的爆炸聲，結界在強烈的撞擊下泛起了漣漪，在我懷疑是否會失效的同時，結界恢復原狀，硬生生的將巨鐮女妖彈開！

定春有如子彈一般跳到空中，攫住女妖的前肢，順著來勢在空中迴轉，眨眼間化為鐮刀的前肢已扭曲成詭異的姿態，深深的插入翅膀的關節處。

機車繼續以時速七十往前衝刺，女妖重重的摔在路上，很快的就被我們甩在腦後，定春以優雅的姿態在電線桿間飛竄。車身一沉，定春再次回到後座。

突來的重量讓車體一偏，我稍微減速以穩定車身。

「叭！」

伴隨著喇叭聲的是睡眼惺忪的上班族騎士，呼嘯而過不忘附帶中指。

「他看不見嗎？」

哪家公司的上班時間這麼早？我在心中為該名騎士默哀半秒。

「一般人是看不到妖精的，他心中殘留的夢想大概早就被吞噬殆盡，所以妖精不會碰他，他也看不到妖精，他大概只會覺得今天的風特別的大。」

真好，我竟然有點羨慕那名一無所知的上班族，那種無知的世界已經短暫的離我遠去，現在的我幾乎聽不到風聲，只聽見昆蟲的翅翼拍擊、肉塊的蠕動和不知名妖精高頻率的尖嘯……

也許我躲得過這些，但是躲過了又如何，時間一到我還不是得……乖乖上班。

「可惡！事情結束後我一定要蹺班！」我大聲的說出蹺班宣言。

「要是死了你就可以蹺班蹺到永遠了。」貓說。「順便提醒你，你再過不到一天就會死。」

「吵死了我知道啦！」可惡，貓一提起這件事我反而開始緊張了。

「你早就該緊張了。」貓惡狠狠的回答。

「我……」

我還在想要怎麼回嘴，定春突然拍了拍我的肩膀。

「看來接下來要用走的了。」

定春纖長的手指指向了前方。

柏油路的路面上鋪滿了像肉塊的殘骸，讓整個柏油路看起來像是有一百隻長毛象的屍體爆炸過一樣淒慘。

但那還不是最糟的，最糟的是……

無數醜惡的妖精幾乎佔滿了整個地面。

只有一隻眼睛的肉塊飄浮在空中。（眼球怪沒翅膀到底是怎麼飛的？）

巨大嘴巴佈滿利牙的毛怪不斷的搥打地面。（幹什麼呀！）

像十隻動物被解體後重組的龐大怪物，發出『呼、哈』的怪聲緩慢的前進。（我研究了一下它的嘴巴長在哪……然後被貓巴了一下。）

那群矮小且散發惡臭的地精是唯一近似人形的生物，但也不怎麼美觀。（不過在一群地精拿著手斧衝向你的時候，誰管他美不美。）

在最短的時間觀察完情勢，我忍不住提出疑問。

「我很早就想問了，為啥會有這麼多『那個』啊？」

我實在無法稱呼它們為妖精，一直到現在妖精這兩個字仍會讓我聯想到有翅膀的小女孩，眼前的這些……嗯，叫它們噁爛生物大全可能還算是稱讚。

「因為這裡是記憶的倉庫，當然會吸引飢餓的老鼠……」

幸好噁爛生物大全離我們還有一小段距離，我趁貓還在解說的空檔，小心的將車停在路邊，臨走前不忘上大鎖，雖然不知道能不能回來騎它，這個動作還是多少帶給了我活著的真實感。

「我懂了！那些都不是平常會出現的妖精，而是……」

貓轉過頭正要說出結論，白影一閃，貓和我的身體突然凌空飛起……

「砰！」

我們原先所站立的地方被紅通通的粗大觸手所佔據，定春拎著我和貓輕巧的跳起，僥倖躲過一劫。

不待我看清機車是否受創，定春朝電線腳踢出一腳，再次凌空躍起。

柔軟的四肢在接觸到電線桿的瞬間，伸出貓爪牢牢抓住電線桿粗糙的表面（這時我才發現定春腳上毛絨絨的不是白靴，而是牠原本的腿毛），再趁勢跳向另一個立足點。

輕盈、優雅……而柔軟。

定春拎著兩個拖油瓶，快速地飛躍在電線桿之間。

可惜我沒有餘裕欣賞定春跳躍時的優美，我現在只覺得想吐。

在電線桿間跳來跳去是很像蜘蛛人是很帥沒有錯啦！但是蜘蛛人怎麼不會邊跳邊吐呢？還是說蜘蛛人已經習慣了這種對胃很刺激的感覺？但我覺得我可能一輩子都不會習慣呀！

「嗚噁……」我快忍不住了。

「不准吐！」貓的頭正好在我的嘴巴下方：「敢吐在我頭上我殺了你！」

「遮握不能空制……噁！」我口齒不清的回答。

激烈的搖晃突然停止，我趕緊將衝到嘴邊的酸水吞回去，看看定春為什麼突然停下來。

「……糟了。」貓和定春異口同聲的說。

眼前就是我熟悉到不能熟悉的T形路口，平常上班只要左轉，就可以看見那個愚蠢的粉紅色建築……

原本只要打個方向燈注意有沒有車就可以輕易通過的路口，此刻已被暗紅色的觸手標示上『此路不通』。

巨大的觸手不只纏滿了兩側的電線桿，就連附近的建築物也被纏得密密實實，看來指望定春輕巧的跳過它們是行不通的，至於用走的話……我一手抓住定春的腰，一手抱住電線桿，探出頭往下看。

地面上滿滿的全是等待我們落到地面的肉塊。

……還是算了。

「喂，該輪到你發揮了吧！」

「喂，接下來就交給你了！」

我和貓同時發言，不過貓快速的貓爪很快的奪回了發言權。

「什麼輪到我！要使用能力我可是隨時ＯＫ！問題在你！可以的話我想離那觸手遠一點，所以你想辦法清出一個立足點吧！」

貓說的沒錯，不要說靠近，我連去想像觸手生物的全貌都不想，看來只能暫時清出一個立足點，讓定春帶著我們快速通過這個區域。

要清出立足點的話，閃電和火燄都不適合……

那就想像風吧。

飆車時撲面的風。

吹拂在臉上的海風。

捲起海浪的颱風。

我在記憶深處尋找和風有關的記憶，各式各樣的風夾雜著不同感受撲面而來，我試著不要迷失方向，繼續想像著能劃破一切的風刃。

突然間一抹潮濕的海風拂過我的臉頰，那陣風吹起了又長又細的髮絲，熟悉的人影在我的眼前一閃而過，我張嘴想呼喚她的名字……

「笨蛋！」

我被貓一掌打醒。

我眨了眨眼睛，不要說召喚出什麼風刃了，前方的噁爛軍團紋風不動，只有幾片落葉隨風飄落。

「你以為你是電風扇嗎！殺氣！魄力！威力！」貓生氣的說。

「又想睡又想吐根本殺不起來……」我試著辯解。

「沒辦法集中精神的話，就把你的想像全部唸出來！」

「唸？」是要大喊代替月亮懲罰你嗎？

「像動畫裡唸咒語那樣，想到什麼就唸什麼！你要大叫也可以！快！」

「一定要嗎？」丟臉死了。

「當然，越大聲效果越好。」貓小聲的補了一句：「……應該啦。試試看也不會有什麼損失。」

「……可以不要嗎？」

嗚、我以前老是覺得動畫角色要大吼出絕招名很蠢，難道這是報應嗎？

「……拜託。」定春的手放在我的肩上，琥珀色的杏眸凝視著我

我看向定春，彷彿從牠的沉默中讀到了牠沒能說出口的話語。

「好吧。」

不只是為了自己，就當作是為了小文，我也應該努力一下。

我嘆了口氣，小小聲的試唸。

「風刃啊、撕裂……」

真是蠢斃了，但是蠢又怎麼樣！又沒有人在看！蠢歸蠢，和死比起來的話、和莫名其妙因此昏迷的小文比起來的話……羞恥心這種東西算什麼啊！

我把心一橫，說出第一個想到的台詞：「劃破天空、撕裂大地的風之刃啊！摧毀

一切！摧毀一切！摧毀一切！」

我不知道唸三次是不是比較有威力，

我感覺到我的記憶、我的想像和我的憤怒，全都隨著貓的碰觸流出體外。

耳邊忽地傳來呼嘯的風聲，貓的前方形成月牙形的扭曲力場，不用貓的吩咐，我也知道這時我唯一能做的就是——想像最強的風刃，然後將我的願望大聲喊出：「裂風之刃摧毀前方所有的怪物！」

半透明的風刃呈放射線狀射出，所到之處所向披靡，觸手被切得七零八落，被風刃的餘波吹飛到遠處。

一切快得目不暇給，定春看準了觸手被吹飛的瞬間，抱著我和貓跳向被清出的空地，在噁爛軍團湧向我們之前，定春輕巧的一點一躍，抓著我們飛奔至粉紅的建築物下。

咚咚。

聲音、我發不出聲音、只有胸口的心跳、撲通、撲通……

噗、通。

但那不是、我的心跳、不是、任何人的。

那是——胎動。

紫紅色的漩渦纏繞住整個大樓，粉色的嬰孩飄浮在半空中，成型的手緩緩指向空中，不住轉動的漩渦順著嬰兒所指的方向張開了大嘴、像是要嘔吐般的激烈蠕動。

無論那是什麼，那個東西都快要誕生了，聚集了成千上萬人的怨念的嬰孩就要誕生了，我光是站立在這裡就無法呼吸，我要怎麼面對……甚至打敗那東西？

如果是平常的我，一定會用些無聊的想像緩和緊張，但我第一次覺得……

我會死。

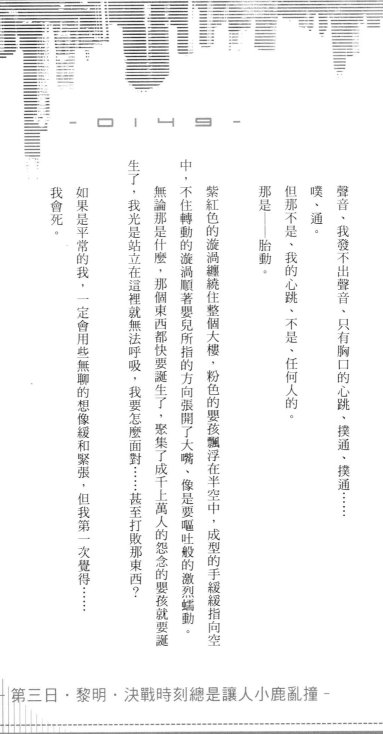

「不要怕，閉著眼睛。」是定春的聲音：「我會送你上去的。」

不管什麼時候，定春的聲音都令我安心。

眨眼之間，定春已經拖著一人一貓，靈巧地爬上了大樓側的玻璃。

風突然大了起來，即使定春已用貓爪勾進玻璃的縫隙，攀爬間仍不免搖晃，眼前所見的事物不斷搖晃，我一會看見定春專注的側臉，一會看見越來越遠的地面和扭動的紅色觸手。

「會怕的話先不要看。」定春說。

也是，目前的情況我也幫不上忙，為了靜下心來，我暫時閉上了眼睛。

風好大，外套上的繩子被吹得不斷敲打我的臉，貓也咕噥了一聲，想必也被繩子打了幾下，我有點想笑，不知名的恐懼卻像毒液般湧上我的喉嚨。

我用力的閉上眼睛，不去想像地面，也不去想像那個即將誕生的妖精。

到底爬了多高呢？

在搖搖晃晃中，完全搞不清楚過了多久，只知道那濕答答的蠕動聲越來越大，連風聲都快聽不見了。

那個聲音和我快速的心跳，譜成令人作嘔的交響曲。

下方突然傳來黏滑的爬行聲，好像有什麼在玻璃上快速的滑動，我睜開眼睛，定春在同時加快了攀爬的速度。

視線不斷上下震動，我什麼都看不清楚，只聽見風中混合了各種聲音，我努力的去聽，但有一個聲音分辨不出來，而那個聲音越來越近……

我知道了！

那個是……翅膀的拍動聲。

視線瞬間被陰影填滿，下一秒我和貓被狠狠的甩到牆壁上。

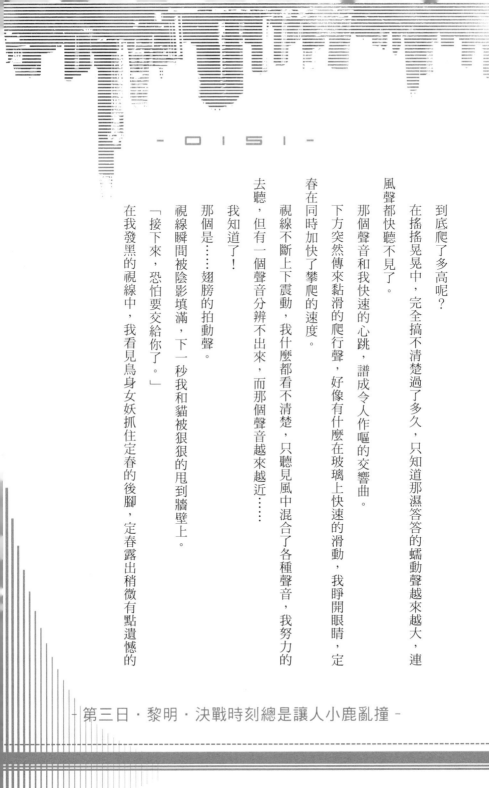

「接下來，恐怕要交給你了。」

在我發黑的視線中，我看見鳥身女妖抓住定春的後腳，定春露出稍微有點遺憾的表情……往下墜落。

眨眼間，被鳥身女妖纏住的定春已成了下方的一個白點。

看見下方的景象，我倒吸了一口氣。好高，這到底是幾樓？七樓？八樓？貓應該撐不了多久，掉下去應該會死吧？

可是我的眼前沒有出現人生的跑馬燈，而是不合時宜的浮起了定春的背影。

在第二天的早晨，我們出發要調查妖精的來向。

那時我背對定春，尷尬的聽著身後換衣服的細碎聲音，我突然很想問：為什麼要一起來呢？

不過我想答案很明顯，所以沒有問，沒想到定春看穿了我的想法。

「因為，我想救她。」穿好衣服的定春回過頭，露出了難以察覺的微笑。

「因為，她是我最喜歡的人。」

我沒有死。

我只稍微往下墜落幾公分，貓就咬住了我的衣領。

貓用一種艱難的姿勢掛在牆上，嘴巴咬著我的領子所以不能說話，喉間發出催促的嗚嗚聲。

「好啦，我知道了。」我安撫貓。

雖然我有可能今天會死，但現在我還不想死。

我抬起嚇得發軟的腿，跨出第一步。

貓肯定的點頭。

這只不過是走路而已，雖然頭有點暈，也不太想往下看，這只不過是換個角度走路的世界。

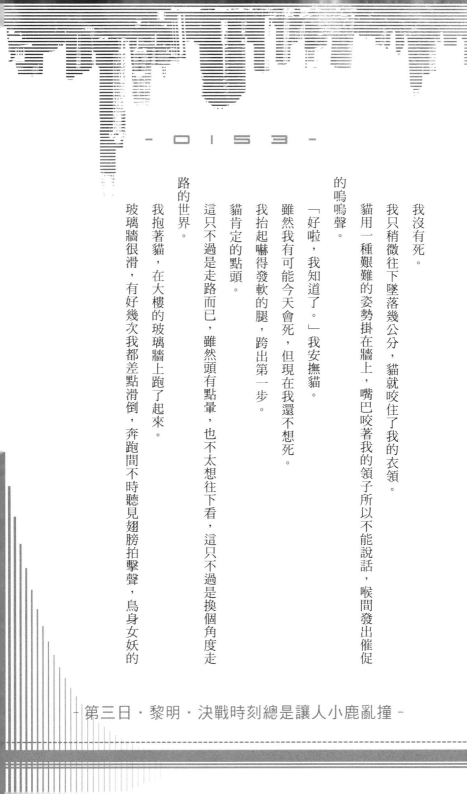

我抱著貓，在大樓的玻璃牆上跑了起來。

玻璃牆很滑，有好幾次我都差點滑倒，奔跑間不時聽見翅膀拍擊聲，鳥身女妖的影子在玻璃牆面上忽隱忽現，翅膀掀動的氣流吹過我的耳際，有一根羽毛擦過我的頸子，我反射性的低下頭，對上玻璃牆中女妖的倒影……

「趴下！」貓大叫。

我應聲往前撲倒，貓輕巧的跳到我的肩上，逃過被我壓在身下壓扁的命運。

「牠又來了！」

不用貓說，我已拉住貓往旁邊一滾，鳥身女妖撲空後撞上玻璃牆，發出轟然巨響。

我在女妖散落的羽毛中抱起貓繼續往上跑，剛才那一撲讓我的膝蓋痛得要命，更要命的是我的鼻子直接撞上牆壁，鼻血滴滴答答的流了一地。

身後掀起異常的氣流，鳥身女妖又起飛了，貓說：「得想個辦法解決牠！」

我也知道，但我的鼻子痛得要命，整張臉都是麻的，除了奔跑在玻璃牆上的念頭，再也塞不進其他的想像。

「不行，我得想像這裡是平地，才能夠違抗地心引力往上跑……」說著，我踩到玻璃牆上的鼻血，腳下一滑就要摔倒，瞬間我的腦袋一片空白，某種詭異的拉力拉著我往下掉……

地心引力又回來了！

貓在我耳邊大叫了些什麼我聽不清楚，我只知道我開始往下墜落，鳥身女妖等在下方張開了大嘴。

一個雪白的影子自女妖身後躍出，踩著女妖的翅膀跳到身旁。定春一手托住我的背、一手托住我的膝蓋，用公主抱的姿勢將我在空中轉了半圈。

「站穩。」定春在我耳邊輕聲說。

我只感覺到定春柔軟的頭髮擦過臉頰，定春的身影消失了，下方傳來鳥身女妖的尖叫。

「快走。」貓說。

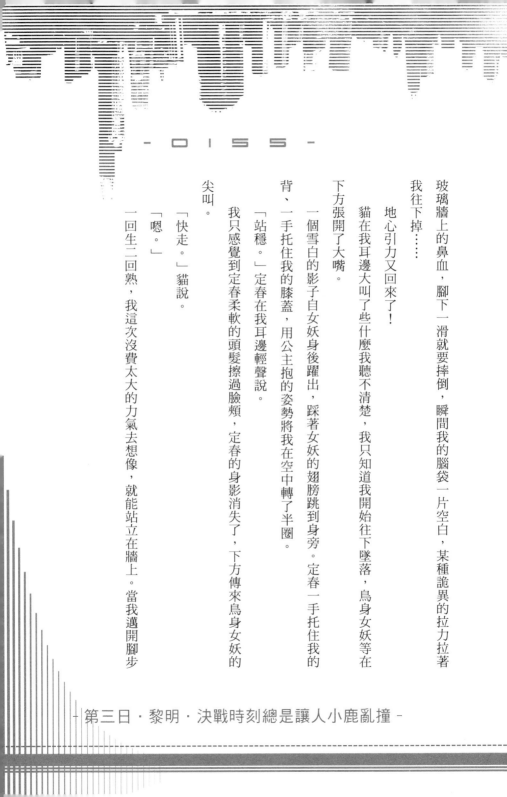

「嗯。」

一回生二回熟，我這次沒費太大的力氣去想像，就能站立在牆上。當我邁開腳步在牆壁上奔跑時，身後再次傳來翅膀的拍擊聲。

是鳥身女妖，而且這次來的不只一隻。

我沒有回頭，我知道定春會保護我們，我現在唯一能做的就是奔跑，除了『奔跑』外，什麼都不想。

我和貓終於到達了頂樓，好不容易踏上『平地』，我想看清頂樓發生了什麼事。

頭好暈，我幾乎站不住了，整個世界都在搖晃，一開始我以為是力場扭曲，後來才發現晃的是我的頭。

……超級英雄果然不是好當的，我靠著圍牆喘氣，等待暈眩停止。

「你沒事吧？」貓站在我的肩膀上，用前腳輕輕摸了摸我的鼻子。

「不要碰，你的腳會被鼻血弄髒的……」我說。

貓瞪了我一眼，前腳毫不留情的往前一推：「現在擔心腳髒不髒是做什麼？我是要幫你治療啦笨蛋！有好一點嗎？」

鼻子不痛了，膝蓋的疼痛也減輕了不少，我扶著圍牆站起，隨口問道：「你怎麼會有這種能力……」

我終於看清了眼前的景象。滿是沙塵的地板，不知從哪裡飄來的垃圾在地上翻滾，大得嚇人的太陽把水塔和圍牆拉出長長的陰影。

奇怪，紫色的漩渦和即將誕生的嬰兒到哪裡去了？不對，今天是陰天，不可能會有那麼大的太陽。

暈眩再次襲來，紫色的漩渦再次出現在空中，只是顏色很淡……我能透過漩渦看到後面的天空，水塔下方有兩個不同方向的影子，一個朝左、一個朝右，兩個影子都淡淡的。

這是怎麼回事？

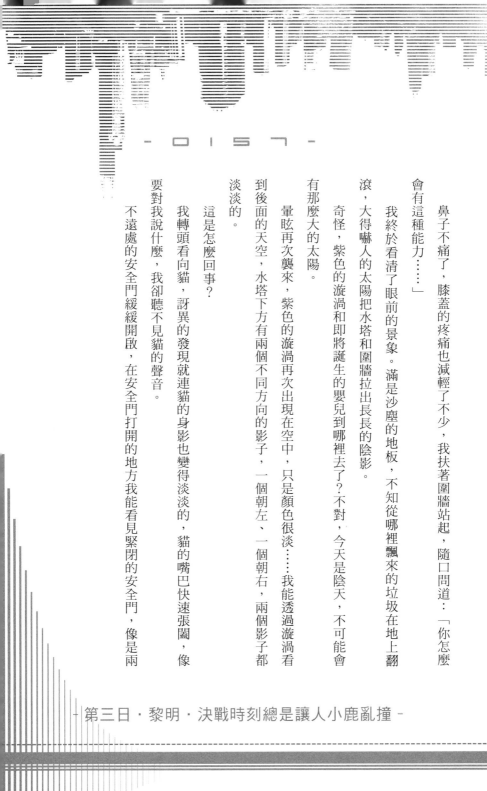

我轉頭看向貓，訝異的發現就連貓的身影也變得淡淡的，貓的嘴巴快速張闔，像要對我說什麼，我卻聽不見貓的聲音。

不遠處的安全門緩緩開啟，在安全門打開的地方我能看見緊閉的安全門，像是兩個半透明的影像重疊在一起，難道……我同時看見兩個世界？有貓存在的是現實，另一個則是……過去的記憶？

有個男人走出安全門，太陽很大，男人伸出一隻手擋在眼睛上，那隻手上拿了一張紙，陰影正好覆蓋住男人的臉孔，所以我看不清他的樣子，但那個男人的模樣非常的熟悉……

「嗚。」

肩膀突然傳來一陣刺痛，我轉過頭，貓對我舉起牠得意的右爪，用力的往我的右臂一抓。

「痛痛痛痛痛！」我痛得大叫。

開啟的安全門、手上拿著紙張的男人、不同方向的影子飛快的褪去，貓憤怒的聲音清清楚楚的傳入耳際：「清醒了沒？」

「沒醒。」

我有些不高興的說，貓再次亮出右爪。

「我醒了！」

「那就好。」

貓用力的甩了甩尾巴當作警告，我伸手撥開貓的尾巴，意外的發現貓毛絨絨的臉上瀰漫著紫色的霧氣。

不……不只是貓的臉，紫色的霧氣直衝我眼前，我猛然退後一步，撞上背後的圍牆，臉頰傳來的濕潤感讓我忍不住尖叫出聲。

「不要怕！這個不會傷害你！」貓說。

「這是什麼鬼東西？」我說。

「各種記憶聚集在一起形成的『憶場』，如果把那個快生下來的東西說是胎兒的話，這個『憶場』大概就是胎盤還是羊水之類的吧……不要再退後了！你再退就要掉下去了！這東西傷不了人的！」

我往後看一眼，背後就是牆壁，我已退無可退，只好往前走一步踏入紫色的霧氣之中。

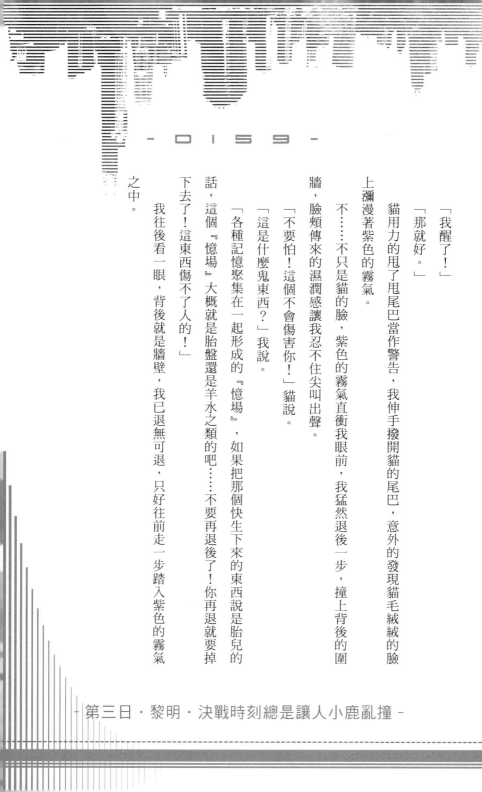

溫熱的濕氣撲面而來，彷彿有某種巨大的生物對著我吹氣，噁心歸噁心，倒也沒有什麼不適感，我大著膽子再往前走一步。

「那個胎兒快要誕生了！你要在他誕生的瞬間殺掉他！」貓在我耳邊大喊。

「我知……」我張口回話，無意間吸入一口霧氣，某種接近於絕望的情緒糾住我的心臟，我跪倒在地。

剛才站在外側還感覺不到，我現在清楚的看見……在紫紅色的霧氣的中央，有各式各樣的情緒糾結在一起，形成了有如龍捲風一般的風柱，將周圍的事物全都捲進其中。

我試著抵抗，不要被捲進風柱之中，但風柱的吸力太過強勁，不管貓在我耳邊如何喊叫，我還是被捲了進去。

我……看見了形成這個巨大憶場的記憶。

並不是什麼太激烈的情緒，也不是什麼國仇家恨，形成這個憶場的……全都是……小小的、微不足道的心願。

想早點下班陪女朋友、希望能夠旅行、希望能夠加薪、希望能夠賺大錢……

即使心願如此的卑微，依舊無法實現，所以人們感覺到失落、甚至絕望。

在不斷受挫的疲憊中……

人們捨棄了夢想。

到了最後連去幻想的希望都捨棄了。

人們告訴自己：沒關係的、那沒什麼、其實也沒有特別想要。因為沒有渴望就沒有失落，只要假裝不在乎，就不會那麼難過。

所以，人們就這樣一再的說服自己：那些並不是自己真正想要的。在願望萌生的同時就加以否定，一次又一次的、扼殺自己的願望。

人們藉由殺死一部份的自己來活下去，而那些被殺死的記憶聚集在一起，形成了眼前這個足以毀滅整個園區的憶場……

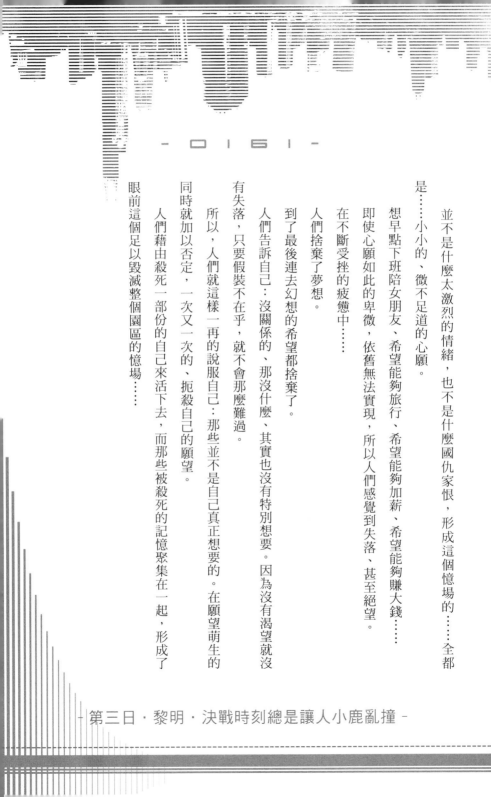

紫紅色的風柱停止攪動，一隻蒼白的手從風柱的中央伸出。

「準備！他要誕生了！」貓緊張的喊道。

「我知道了！你的爪子不要抓得那麼用力，好痛呀！」我忍不住抗議。

「這是在激勵士氣！」貓毫不羞愧的反駁：「準備好了嗎？」

「當然……我可不打算輸呀！」

我舉起右手，同時想像了我所能想到的最強攻擊：焱魔焦熱地獄、天雷轟炸、死靈荊棘、絕對零凍破……這些咒語集合了過去我看到的動漫和災難電影的情節，再加上我多年來對魔法的想像，務必要在這一擊殺死目標！我要活下去！

貓抽出我的想像，將這些攻擊化為真實，在這同時，我們唸誦出心中最強烈的意念，這就是最佳的咒語——

「去死吧——！」我和貓同時大喊。

火球爆烈，渾身冒火的炎魔揮舞著黑炎之斧，將風之柱所在之處化為火海。天際飄來一片烏雲，藍白電光反覆劈入風之柱的裂口。地底開啟了數個黑洞，黑色的荊棘急速生長，將攻擊範圍內所有的東西絞成碎片。

最後，雪白的冰雪覆蓋住一切，在零度的世界下，所有的一切全都會陷入絕對的沉睡……

「沒想到你竟然做得到，你平常到底是在想像些什麼東西呀？」貓目瞪口呆的說。

「就……小時候想把學校炸掉、長大想把公司炸掉，想久了就變這個樣子了。」

「你這個恐怖份子！」

爆炸、雷擊、冰雪和地底冒出的荊棘將屋頂搞得亂七八糟，煙霧四處瀰漫，原本有風柱的地方空無一物，爆炸和電擊仍在繼續，看起來不像是有東西還活著的樣子……

我鬆了口氣，說：「用想的又不犯法……」

一個火球炸開，吞沒了我的聲音，一隻手突兀的從火紅的火球中伸出，由上而下撕裂了火球，那隻手對著火球攤開掌心，火球頓時被吸入掌心。

「快……」

貓不知道喊了什麼，我在貓叫喊的同時，再將方才的攻擊想像了一次，但這一次，所有的想像還來不及完整浮現，火炎、雷擊、荊棘和冰雪……全都輕易的被吸入那人的掌心，連同瀰漫了整個頂樓的煙霧都一起吸了進去。

即將毀滅整個園區、奪走我的生命的『胎兒』，站立在我的眼前。

不是想像中紅通通的有翅胎兒，也不是想像中糊爛成一團的怪物……蒼白的天空下，站立著一個普通的少年。

氣質接近在少年和男人之間，白淨的皮膚上殘留著幾許暗紅痘疤，一單一雙的長眼睛看起來很睏，頭上頂著亂糟糟的銀藍色頭髮，身上則套著和那怪異髮型不相襯的白襯衫。

因為剛誕生的關係，少年的身體仍有些微的透明，在胸口的中央隱約能看見一團不知是什麼的碎片。

少年扁著嘴，露出歪向一邊的無邪微笑。

我站立在圍牆這端，少年站立在頂樓的中央，一切都像是照鏡子一樣，只是，這是可以映照出過去的鏡子。

那名少年……

是我自己。

過去的自己。

「……這傢伙的靈魂核心不是小文，你果然猜錯了。」我調侃貓。

「那又怎樣……我還不是帶你來對了地方。」貓不滿的回答：「……你竟然還有心情吐嘈我，你不會怕嗎？」

「怕呀。」我承認，因為我的腿到現在還抖個不停：「不過我不想逃避。」

「你也沒資格逃避呀！」貓說：「最後的魔王就是『過去的自己』，這就是最終極的自作自受嗎？」

「隨便你怎麼說。」

一如我先前懷疑的，小文的心和這個充滿憤怒和失望的憶場是不相符的。對這個世界失望、對自己失望、最後失去夢想而感到憤怒的人……是我。

之所以會對眼前的一切感到熟悉，是因為……這些景象全都是我的幻想。

過去的我幻想著這樣的世界，進而影響到這裡妖精的外貌，這些邪惡的妖精會想要攻擊我，是因為想要獲得肉體、還是只是單純的……

憎恨無力而沒用的自己？

「喂！你還有更厲害的想像嗎？」貓說。
「當然。」我打起精神，試著用爽朗的聲音說：「你準備好了嗎……嗚……」
「喂！你怎麼了？」
貓的臉突然變得好近，我眨了眨眼睛，才發現我已跪倒在地，可能是剛剛的攻擊消耗了太多的記憶，視線變得一片模糊，眼前的景象開始晃動，出現了不屬於現在的景象。

……樹木搖晃的光影，在樹蔭之外，是已經許久沒看見的，熾熱的天空，楠就在那風景之中，甩著直溜溜的頭髮向前走去。
一切都是如此的鮮明、濃豔。
海潮之風拍拂我的臉，悶熱、濕潤、帶著鹹味的風，輕輕的敲打著我心中緊閉的門扉，楠的身影逐漸遠去，我想追上楠，我知道，我所失去的東西，就在那裡……

「喂！你振作一點呀！」

貓用貓爪戳進我的手臂，我卻感覺不到，一切都變得非常的遙遠。

「糟了……」我試著開口，但那個聲音聽起來不像我的，就連身體也不像是我的：「如果對象是那時候的我的話，有可能會贏不了的。」

「不就都是你嗎?頂多也只是過去的你，又能夠厲害到哪裡去呀！」

「年輕就是本錢、青春無敵呀。」

我恍惚的說了個笑話，從貓的表情看來似乎不怎麼好笑。

「雖然那也是我，卻是還沒有忘記重要事物的我，你之前不是說……我可能是忘了某個重要的東西，所以我的心才會選擇死亡，但我怎麼樣也回想不起來，你說的重要的東西到底是什麼……如果真的是那麼重要的東西，怎麼可能忘得那麼徹底，連半點也想不起來……」

我抬起頭，看向飄浮在空中的『我』。

「不過現在我懂了，我一定是刻意去遺忘，也不願意回想，才會忘得如此徹底吧……」

因為……過去的『我』太過耀眼了，現在的我回想起來只會覺得難過。

那時候的我還相信著很多東西：未來、夢想、甚至相信存在於某處的魔法，那樣愉快、單純、堅定的相信著。

現在的我已經沒有辦法去相信那些東西了，或者說我已經沒有勇氣去相信了，因為過去所期待的、所夢想的一切……我一項也沒有完成。

雖然我很想活下來，但就算活下來我也沒有非做不可的事，現在的我既沒有堅定的信念、也沒背負著不能捨棄的情感。

現在的我只是個沒用的傢伙。

就算我不具備妖精之眼，也能看得出來過去的我和現在的我的差距。

「喂，你可不要有死了就能結束一切的蠢念頭，我不是帶你來送死的。」貓說。

「當然。」

說出口的聲音聽起來好遙遠，連貓的聲音我也聽不見了，我的意識好像遠離了我的身體，回到了原本應該去的地方。

我就站在風中，俯視半個城市，我很快就能毀滅掉讓人失望的一切，不知道為什麼，感覺非常安心。

貓的指甲刺進我的手。

「喂、你想放著小文和其他無辜的人不管嗎？」

「……當然不行。」

雖然我是既沒正義感也沒熱血的傢伙，但我沒那麼自私，定春雖然沒說出口，但一定希望我能把小文帶回去吧？一想到這裡，我的頭腦稍微清醒了一點。

「要再上了嗎？」貓說。

「當然。」

一股熱血湧上心頭，我努力想像著最強的魔法。最強的、絕對無法化解也無法抵銷的魔法。剛才四大元素的魔法都試過了，還有什麼是能用的？空間魔法？不、空間魔法沒有太過具體的畫面，較難以想像，還有什麼魔法是絕對無法抵抗的魔咒？

宇宙無敵隕石咒。

小時候似乎曾在某個遊戲看過這個咒語，加上一個宇宙無敵感覺就很厲害，所以印象深刻，撇開那個宇宙無敵，隕石這東西應該沒那麼容易抵銷吧！多謝好萊塢，慧星撞地球的畫面經常出現，非常容易想像……

我抓住貓的右腳，想像透過我和貓的接觸化為現實，天際出現一個紅色的亮點分開雲層……

這次就連『我』也無法無動於衷，『我』像是察覺到了什麼，抬頭看向天空，不過來不及了，隕石已出現在『我』的正上方，雖然看到自己被砸死感覺很微妙，但總比我自己死去好吧……

「墜落吧！宇宙無敵隕石咒！」我囂張的大吼。

同時『我』抬起手指朝我一指，身旁掀起一道詭異的氣流，我反射性的往側邊閃開，就聽貓尖叫了一聲，肩膀上的重量突然變輕，貓被那道氣流淩空吹起。

天際的隕石消失了，一切恢復原狀，『我』垂下手，那道吹起貓的氣流也消失了，貓喵喵叫著掉落在圍牆外側。

「那個混帳！」貓一邊詛咒著，一邊用四隻爪子攀住牆壁，十分艱難的爬回我身邊：「差點就成功了，怎麼會……」

『我』阻止了我們的攻擊後，呆呆的望著天空。

「不，本來就不可能成功。」我說。

「你怎麼可以長他人志氣滅自己威風！」貓有些生氣。

「你沒注意到嗎?他只對有威脅的攻擊有反應，其他時候根本不在意我們的存在，如果是可以擋下來的攻擊他就擋下來，如果是擋不住的攻擊，他就直接把我們兩個分開……」

貓恍然大悟：「也就是說……正攻法無效嗎？」

我點頭。說真的要不是『我』的攻擊意願不強，只防禦不反擊，我和貓恐怕已經不知道死幾百次了，這種狗屎運也許算是一種主角威能，但只有這種狗屎運是不夠的。

「我們得趁他還在發呆時早點解決他，要不然……」

「我知道。」

我隱約能感覺到『我』的想法，『我』仍處於剛誕生時意識矇矓的階段，等『我』完全清醒，整個園區就要遭殃了。

「唉唉……」我嘆氣。

我以為剛才用隕石咒時已經夠熱血了，果然……只有熱血是不夠的，這裡是現實，又不是少年漫畫，而且我已經不是少年了，既沒有至死不渝的友情，也沒多努力過，所以得不到勝利也是很正常的事吧。

可是我非贏不可，我不想死，也不想讓小文就此昏迷下去。

我閉上眼睛，努力思考獲勝的方法。

沒有什麼毀天滅地的魔法，眼前浮現的是小文房間的燈徹夜開著的景象，隔著中間的街道和窗戶，我知道小文正埋首於電腦前，努力的敲著鍵盤寫文章。

先前的我只會緊緊的關上窗簾，努力遺忘被勾起的回憶，但是我不會再逃避了。

下一次，我會買好宵夜，打電話告訴她我就在樓下，小文會抱著定春，帶著往常的微笑開門。

在那景象中沒有貓，但如果貓不介意的話，也可以加入我們。

如果可以活下來的話，這個景象一定會實現的。

雖然已經沒有海也沒有藍天，只要努力一定可以發現其他美麗的事物，失去的夢想也許可以找回來也不一定。

……找回來！

我興奮的拍了拍貓的頭。「喂、我問你，只要有記憶你就絕對可以化為真實吧？」

「那當然。」貓愣了一下，才領悟到我想做什麼。

「怎麼現在才想到啊？笨蛋！」

既然『我』是從這些記憶之中誕生，那麼在這裡的某處，一定存在著可以取回我的記憶的鑰匙，只要我回想起被遺忘的自己，貓就能把我恢復成原本的樣子，『我』的靈魂核心就會被取回，『我』就會消失，一切就可以恢復原狀。

這就是貓的能力——將記憶化為絕對的「真實」。

我握住貓的手，開始從這些記憶洪流中尋找失去的碎片。

紛雜的記憶不斷闖入我的腦海……有人在邊打瞌睡邊等下班，卻在下班前十分鐘被叫去接新的案子；有人冒著風雨進公司，等著他的卻是被炒魷魚的命運；有人訂好了國外旅遊的行程，卻因為同事突然離職，只好接同事的工作，旅遊取消被老婆怨恨……我搖搖頭，甩開不必要的記憶，再次潛入記憶之海搜尋。

定春，都已經在打瞌睡了，你就先睡啦不要等我……我再一下就可以寫完了……

小文的記憶果然也在這裡，但這不是我要的記憶，我要找的是被我所壓抑、扼殺、最後殘留在這片大樓的記憶。

既然沒辦法奪回直接從『我』身上奪回靈魂碎片，那麼只要我回想起來，記憶碎片就會回到我身上，『我』也將不復存在。

不知是察覺到我和貓的企圖，還是『我』已從剛出生的渾噩中清醒，『我』將視線投向我和貓身上，瞇著眼睛露出思考的表情。

「小心！」

貓的反應比『我』更快，在『我』舉起手的瞬間升起了防禦的結界。

「他醒了！」

沒預料到貓的動作，『我』震了一下縮回手，露出不悅的神情。

貓搶先豎起第二層結界，在那同時，第一結界已被撕破，『我』蹙著眉頭，將聚集的能量高舉在手中……

鮮紅的妖精自圍牆外竄出，抓住『我』的手，趁勢將『我』摔落。

……是誰？

我困惑的看著鮮紅色的妖精和『我』糾纏在一起，忍不住推了推眼鏡，但那也沒能讓我看得更清楚。

等等！牠……不、不應該是鮮紅的……

牠……原本是雪白色的妖精啊。

「專心！」貓大喊。

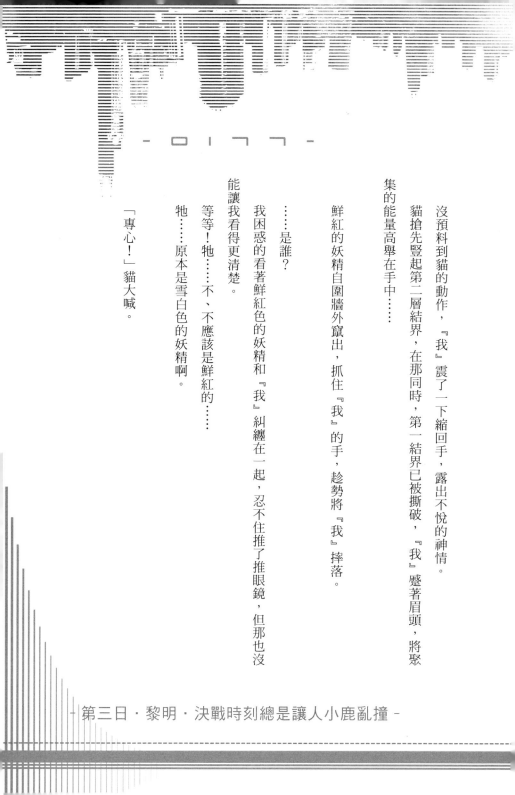

在定春爭取時間的同時，我和貓再次埋首於記憶之海中，卻怎麼也找不到關鍵的鑰匙。

扭轉、翻滾、肘擊、絞首，定春的攻擊失去以往的迅捷，用盡全力的拖延住『我』。

笑容漸漸從『我』稚嫩的臉上消失，『我』皺起了眉頭，我看見『我』的袖子微微擺動……

「定春，小心！」

來不及了，染血的白貓妖精裂成兩半，『我』無視身後的殘骸，向我和貓走來。

『我』的一擊就能輕易的撕裂定春，我和貓的攻擊完全起不了作用，我還是找不到最關鍵的鑰匙，已經……完全沒有辦法了……

……才怪。

我露出了笑容。

「就是現在！」我和貓同時大喊。

定春出現在『我』的身後，雪白的利爪向『我』的胸口刺去，在指尖沒入的同時，『我』再次揮手。

雪白的貓妖精再次染上鮮紅的色彩，倒落在地。

「別擔心……」我輕聲說。

也許在旁人眼中只覺得很無聊，但定春和小文的羈絆比任何人想像得更深。

白貓最喜歡的人是女孩。

女孩也一直一直注視著白貓。

記憶之海中包含著女孩的記憶，和白貓有關的記憶……要多少有多少。

「所以，不管幾次，我都可以將你恢復原狀。」我說。

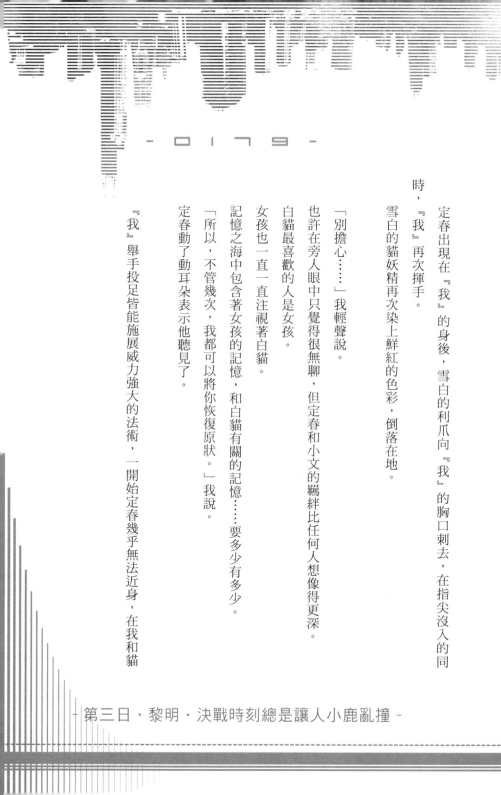

定春動了動耳朵表示他聽見了。

『我』舉手投足皆能施展威力強大的法術，一開始定春幾乎無法近身，在我和貓

『無限段復活』的支援下，定春的攻擊沒有了顧慮，一次比一次接近『我』。

『我』似乎不擅長近戰，時間一拉長，攻擊變得遲鈍，破綻也越來越大，經常不自覺的擋住胸口，避免被定春所傷。

「他為什麼老是擋住胸口？」貓也注意到這點，有些困惑的說：「沒有實體的妖精根本不用怕被傷到心臟呀……難道說……」

『我』舉起右手，擋住定春從側邊抓來的一爪。儘管『我』已擋得夠快了，定春的爪尖還是抓傷了『我』的左胸，半透明的胸口中有著一團紙片微微晃動。

「定春！攻擊他的右胸！把胸口的碎片挖出來！那捲成一團的東西就是關鍵！」貓大喊。

察覺到我們的企圖，『我』的動作越來越大，想盡快甩掉定春。再加上我和貓在恢復定春之餘，不時放出風刃干擾『我』，在我們一人兩貓的同心協力之下，定春的利爪一次比一次接近『我』的胸口……

「風刃呀！夾擊他吧！」我叫喊出聲。

四道風刃從不同的角度射向『我』，『我』揮手擋下兩側的風刃，往左邊閃避以躲過前後的風刃，這時我和貓發射出另一波的風刃擋住『我』閃避的方向，定春則從上方躍下！

『我』矮身避去，卻無法閃過定春的逼進，反手揮出一個衝擊波，定春沒有後退，全力奔向前！

定春右肩綻開，在那同時，核心的碎片被定春的利爪硬生生的從胸口扯了出來。

『我』屈膝跪倒，被挖開洞的胸口泛起漣漪……緩慢地恢復原狀。

定春痛苦的落地，無力的右手無法抓緊碎片，碎片輕飄飄地飛出牠的掌心。

「快去拿！」貓命令道。

我奔向前，伸手去抓，卻沒有抓到，不知哪來的風讓碎片越飄越快。

「不行！碎片就要飛出圍牆了。」貓說。

「我知道啦！」

眼見勝利就在眼前，怎麼可以讓它飛走！

如果定春動不了的話，就由我來！

我想像貓跳躍的姿態，翻出了圍牆。

又一陣風吹來，碎片開始慢慢的往下飄落，我跨出一步，站立在牆的側邊，往下伸出手。

終於，抓住了碎片。

失落已久的鑰匙回到手中，喀擦的一聲，緊閉的門扉終於開啟。

陽光、海風和她飄浮的頭髮迎面而來。

看見了被遺忘了許久的風景。

夕日映照在海浪上，隨著海潮的湧上閃耀著金色的碎片，長長的海堤就像是黃昏的影子，無限延長到看不見的地方。

十分鐘前我收到楠傳來的簡訊，上頭寫著：『救救我，我在海邊。』那時我緊張的呼吸差點停止，十萬火急的趕到沙灘，卻看到楠悠哉的走在沙灘上，民族風的寬版長裙和長髮在海風中飄揚。

天色隨著時間流逝，變得更加昏暗不明，這個背影讓我往後看到穿著長裙的長髮女性，胸口都痛到快嘔吐的程度。

我壓下心中的不悅，衝上前拉住她的手：「妳沒事吧？為什麼傳那封簡訊？妳不會真的想……」

「當然是騙你的。」楠冷漠的說：「不這麼寫，你會來嗎？」

「我要忙畢業的事呀！我們不是說好，畢業前要先冷靜一下，好好的思考未來……」

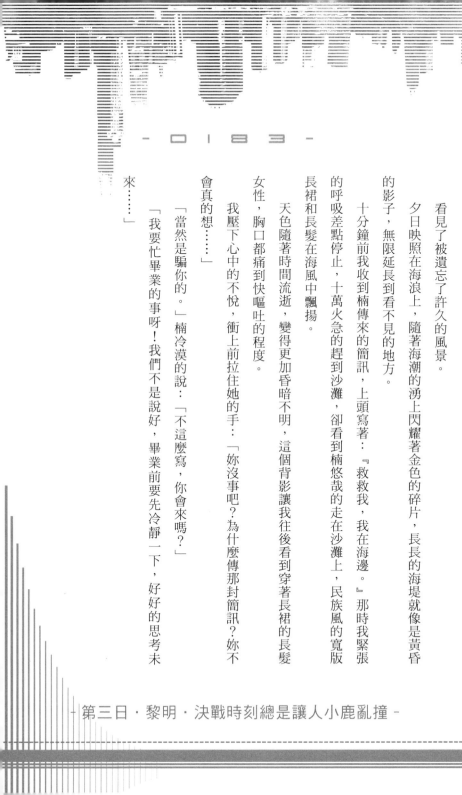

我追在楠的身後，訴說著連自己也覺得薄弱的藉口。

不知何時楠已經掙脫被我緊握的手，停下腳步靜靜地望著我。

「你要丟下我了。」

楠的表情出乎意料之外的平靜，像是在說一件十分平常的事。那表情宛如是在說：你鑰匙掉了，而不是：你要死掉了。

「我才不是……」

我挖空心思的找藉口，卻發現什麼藉口都沒有用，她說的是事實，我就要畢業了，我怕分離時會難過，開始在慢慢疏遠她，我知道不該這樣，但我沒有辦法。

「你還記得迎新宿營最後的丟海嗎？」楠突兀的打斷我的話。

「當然記得。」

『丟海』是我們系上迎新的傳統，在迎新宿營的最後，大二的學長姐把大一新生帶到海邊集合，學長姐瘋狂的把新生丟進海中，新生也瘋狂的還擊，到了最後大家都濕成一團，雖然大家都狼狽的要命，但那卻是無可取代的回憶。

「那時好瘋狂呀……妳第一個被大家抬起來丟進海裡，妳的衣服全濕了，我就走過去拉妳起來……」

楠露出了懷念的表情：「那時候你說：『學妹，妳沒事吧？』我就想，這個學長好溫柔呀……」

「然後妳拉住我的手，把我摔進海裡，還不只一次。」

「是三次。」楠笑嘻嘻的說。

「妳知道我那時候在想什麼嗎？」我說。

「玫瑰果然是有刺的？」楠裝模作樣的說。

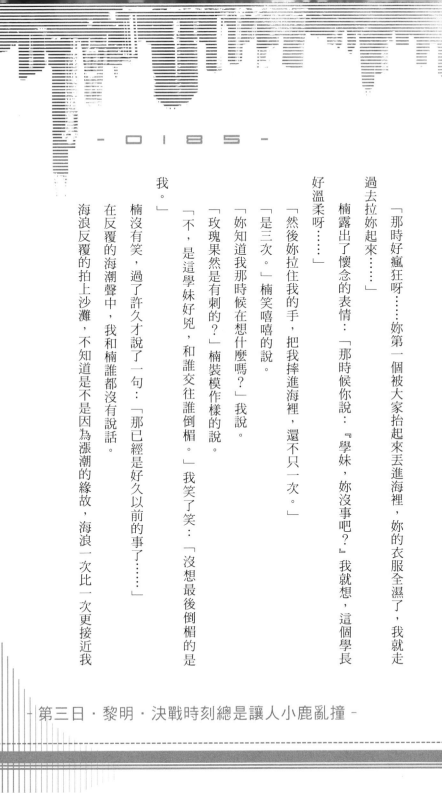

「不，是這學妹好兇，和誰交往誰倒楣。」我笑了笑：「沒想最後倒楣的是我。」

楠沒有笑，過了許久才說了一句：「那已經是好久以前的事了……」

在反覆的海潮聲中，我和楠誰都沒有說話。

海浪反覆的拍上沙灘，不知道是不是因為漲潮的緣故，海浪一次比一次更接近我們所站的地方，好幾次都差點淹到我的腳下。我擔心楠穿的鞋子會濕掉，不安的看了她好幾次，但她沒有半點離開的意思，直到海水拍濕了她的腳，她還是一動也不動的站著。

「……你真的喜歡我嗎？」她問。

我忘了我說了什麼，我想應該是說了『我一直喜歡著妳』那一類的話吧……但那不重要，重要的是我想記住她的臉。

楠瞪大了紅腫的眼睛，低下頭陷入了沉默。

海風越來越大，到了連呼吸都有些困難的程度，她卻還在這時候開口。

「我不懂，我也還是喜歡著你……那、為什麼非分開不可呢？」楠的聲音有些哽咽：「你只是去別的地方唸書呀……不能夠努力一下嗎？我根本就……不想……我不懂……」

風太大了，有些字消失在風中，或者從不曾存在過。

我沒有說話。這時候不管說什麼都是藉口。

「我懂了……」楠粗魯的抹了抹眼角：「……什麼需要好好思考未來，找各種藉口不和我見面，慢慢的疏遠我，也只是想說服自己你根本沒那麼喜歡我、就算分開也沒什麼的……你只是不想讓自己受傷害吧？比起面對分離時的痛苦，你寧願選擇說服自己根本沒有那麼喜歡，我說得對不對？」

楠說得很對，不愧是最了解我的人。

但是，大多數的人會選擇可以輕鬆活下去的方法，我也是。

楠細瘦的肩膀微微的顫抖，我知道她哭了，但我已經失去了安慰她的資格，顫抖持續了很久，等顫抖停止後，她才再次開口。

「看來……你喜歡的人，終究還是你自己。」

沒有哽咽、沒有猶豫，那是楠平時的聲音，果決而明快的聲音。

不是那樣的……我想像平常那樣反駁她，但當我看著她濕潤的眼睛，我就什麼話都說不出口。

她歪著頭凝視我的臉孔，過了許久後，她才開口。

「再見。」

這是我最後一次看見楠。

這也是我最後一次看見那片海洋。

接下來的影像就像是老舊的文藝片一樣。

畢業之後無論身在何處，我都持續寫小說，和以前一樣，捨棄想玩樂的念頭，關起房門持續寫著，唯一不同的是楠不在我身邊。

楠不會在第一時間看我寫了什麼，用紅筆圈出我寫的錯字；也不會再告訴我她的感想，指出我邏輯上的漏洞，在我窘得面紅耳赤時給我一吻。

除此之外，什麼也沒改變，我持續寫著小說，直到寫不下去為止。

上班耗去我大多數的時間和精神，下了班只想休息和玩樂，即使想努力寫作，坐在電腦前頭腦卻一片空白，不知不覺間手指已點開了網頁，徒然在ＢＢＳ和網路上虛耗了時光。

不知道為什麼失去了力氣，也失去了以前熬夜數天也要寫完的熱情，不管會收到什麼回應，在寫作時總是孤獨一人。

我每次都想，再努力一點、再一天應該就可以完成、下一次一定可以……但是不行，我已經失去了繼續下去的力氣。

所以放棄了。

並不是受到什麼挫折，也沒有家人朋友以死威脅的障礙，或是感覺到自己已江郎才盡，我只是單純的放棄了。

多出來的時間我也沒有做什麼特別的事，偶爾和女孩子約會，看看平常沒時間看的超長大河劇或動畫，玩玩需要時間和耐性的ＲＰＧ……雖然這些都是以前渴望做的事，但做起來也沒有特別愉快。

有時候會在睡著之前想到故事的片段，突然覺得熱血沸騰，我湧起了也許再繼續寫東西也不錯的念頭。

就在那時候我收到了那封信。

信封上的署名是一個不熟的學妹，印象中她似乎是楠的好友。

……為什麼她會寫信給我呢？我突然湧起了不想在辦公室讀這封信的念頭，決定到什麼人都沒有的頂樓讀信。

那天風很大，天空是新竹常有的灰色，不過也好，我不再渴望那樣一望無際的藍天，看見那樣的天空只會讓我心煩。

我小心地撕開女孩子氣的信封，拿起信紙閱讀。

風啪答啪答的掀動著信紙，我讀了幾次才勉強理解信上的內容，大意是楠因為某些原因快要死了，雖然楠沒有任何表示，她以朋友的身分希望我能聯絡楠。

在狂風中，手和信紙都抖個不停，我試了好幾次才把信紙折回原本的形狀。

然後，我將信紙撕成碎片。

風捲走了紙片，很快的、我眼前只剩下不斷拍打著臉的瀏海和四處飛舞的塑膠袋。

我推開安全門走下樓，微笑面對永遠平不了的帳。

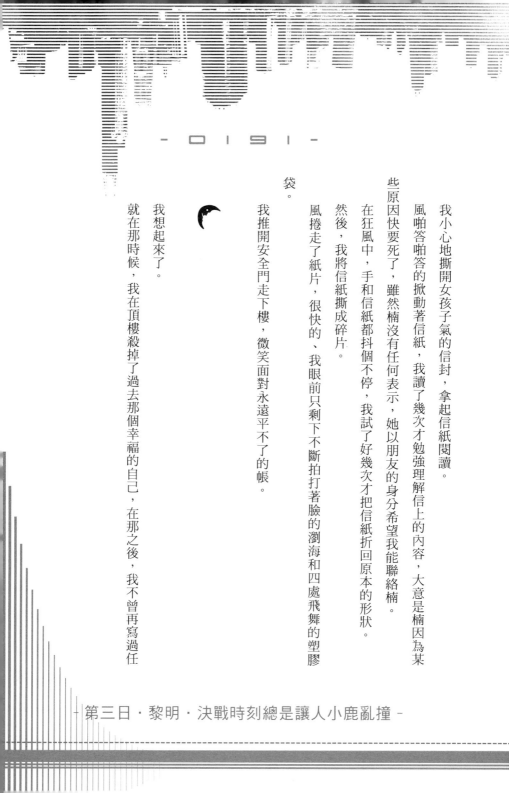

我想起來了。

就在那時候，我在頂樓殺掉了過去那個幸福的自己，在那之後，我不曾再寫過任何東西。

因為不管寫什麼，都會想到她的臉孔。

而她再也不會帶著微笑看我的文章了。

「喂喂喂！」

我茫然的看著貓，貓叫我似乎已叫了一段時間。

「你已經取回『被殺掉的自己』，理論上剛剛那個恐怖大王應該已經消失了，所以……」

貓說了什麼我沒有聽清楚……我只知道楠正在笑著，她對我眨了眨眼睛，雪白的裙襬在風中飄揚。

「……所……以？」我用盡力氣才吐出兩個字。

「你知道我們現在在哪裡嗎？我們可是站在牆的橫面上耶！剛剛那些攻擊已經耗盡我的記憶了，再不想點什麼就會往下掉啊！」貓用力地用貓掌打著我的臉：「給我清醒一點！」

這次貓的巴掌沒能讓我清醒，記憶中的楠對我潑了水，笑盈盈的跑開，奔跑間激起了點點浪花，我踏著水想要追上她，卻有東西不斷的撥著我的臉。

「喂！你再不振作點真的會死掉喔！」貓繼續拍打我的臉，在我的耳朵旁邊大吼：「你不想死吧？你不是為了死掉才來到這裡吧？」

我試了幾次抓住貓的手，無力的說：「你先走，這個距離你還跳得上去吧？」

貓說的沒錯，我果然是忘了最重要的事，或者說，正因為太重要了，所以才絕對不能夠輕易想起。

「……你真的喜歡我嗎？」楠的幻影幽幽地問。

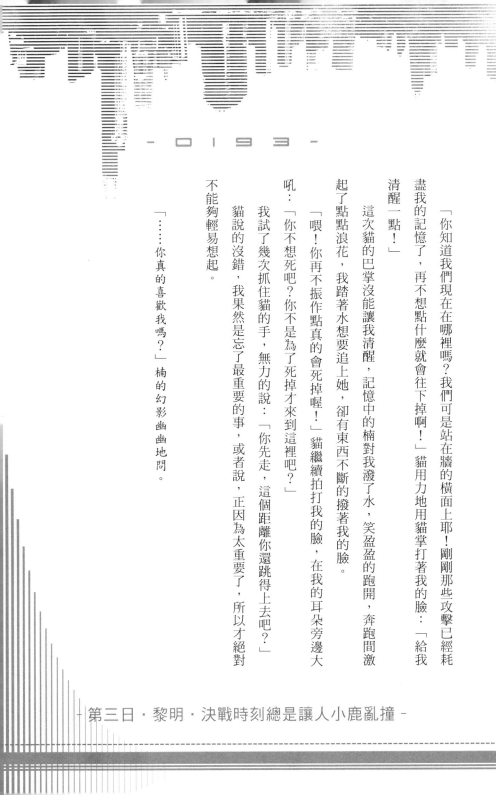

「我……一直……」無數想說的話語哽在喉嚨，擠出來只剩下破碎的聲音：「一直都……」

內心中有個聲音在大喊著：說呀！把你想說的話說出來！

另一個聲音冷酷的說：她不在這裡，你就算說了，那又如何？她聽不見，她永遠不會知道你說了什麼，受傷的只有你自己。

尖銳的疼痛短暫的中斷了我的思緒，貓似乎在我耳邊大喊著『你想死嗎？』但我卻聽不見了。

髒兮兮的大樓、灰撲撲的天空和討人厭的狂風，全都消失在我的視線之外。

我眼前剩下的只有刺眼的太陽、蔚藍色的天空還有……

楠。

她露出了燦爛的笑容，直溜溜的頭髮垂在耳畔，白皙的皮膚上有幾點紅紅的青春痘痕跡，笑起來眼睛瞇成一條線，拉著我的手向前跑去。

我絕對不是想死。

只是除了楠的臉，我沒辦法想起任何東西。

「喂！你三天之後就會死。」

我想起貓說那句話的臉，和貓這幾天為我努力的樣子，雖然有點對不起貓，但小文應該平安無事，這也算做了一點好事吧？不知道臨死做善事有沒有用……啊啊，怎麼到這時候還在想這些……

這就叫做『死性不改』嗎？

不過，這次真的是最後了……

「喂，你這個混帳！」

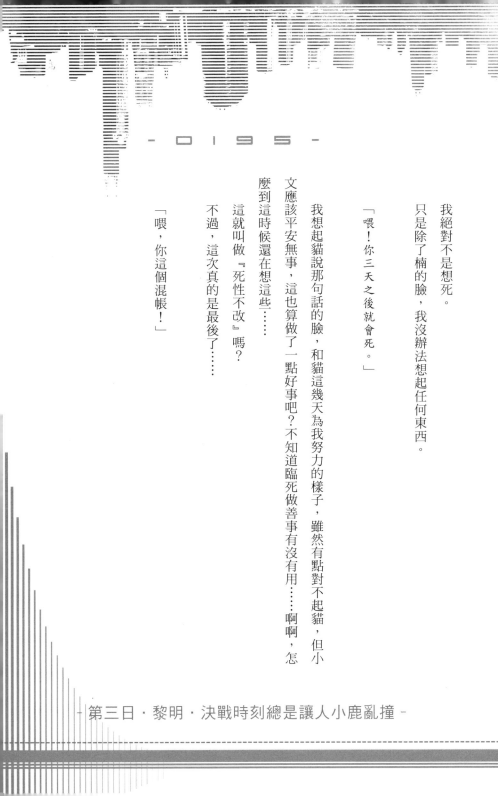

一隻柔軟的手拉住我的背包，用不可思議的神力把我往上甩去。
因為反作用力的關係，那個身影直直的往下掉。

在我們身影交錯的瞬間，我看清了她的臉孔。
她在我耳畔低聲說著。

「讓你死了還算是便宜你了，你這個沒用的笨蛋！」

我睜大了眼睛。
那張臉……毫無疑問的是楠的臉孔，而在她的頭頂長著熟悉的銀色貓耳。
有著楠的臉孔的貓耳少女用貓的聲音說：

「再見。」

「楠？是妳嗎？真的是妳嗎？」我不可置信的大叫：「妳就是貓？」

貓這一拋力氣仍是不足，我的背撞到頂樓圍牆的邊緣，又要往下掉，定春即時拉住我，把我往內拖。

不要！我還想再見楠一面！我掙扎著跑到圍牆旁，從十樓的高度看下去，哪裡都看不見楠的身影。

「妳是楠？還是貓？不管是誰！都回答我吧！」我撕心裂肺的大吼。

定春拉住我的手，把我扯離圍牆邊，把我推向安全門。

這時我終於想起這個世界上有樓梯這種東西，三步併兩步的衝向安全梯，四台電梯都停在一樓，我再次衝入樓梯間，用盡全力往下衝。

楠、楠、楠、楠……

妳為什麼要變成貓？或者說……貓為什麼要變成妳？

妳為什麼要告訴我我就要死了？為什麼要帶我來這裡？為什麼要救我？

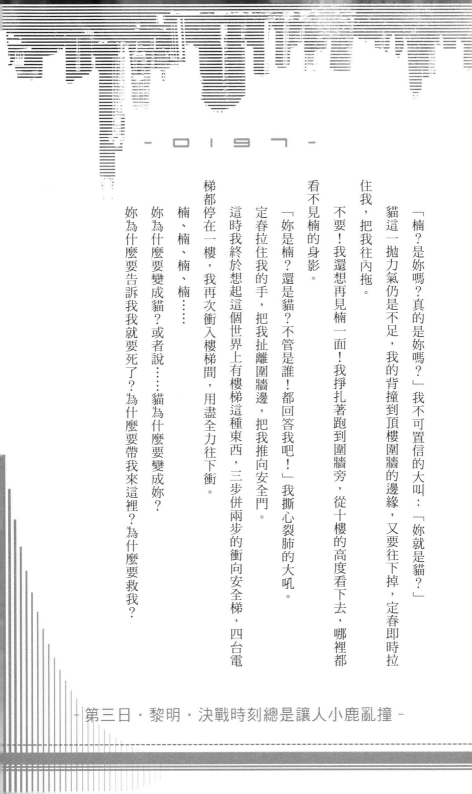

真正的楠到哪裡去了？貓一開始就知道自己是楠嗎？

貓早就知道犧牲自己就可以改變我的命運了嗎？

奔跑間無數的問題盤旋在我的腦海，在我的心臟幾乎要跳出胸口的時候，我終於到達一樓，我撞開樓梯間沉重的門，一步一跌的走出大門。

「楠……？」我不斷的呼喚著：「貓？楠？貓？楠？妳在哪裡？」

前方是空蕩蕩的機車停車格，更後面是樹，還有一個小公園，右邊是上班時會經過的小路，左邊是另一家公司。

沒有貓耳少女的身影，也沒有貓，什麼都沒有。

「笨貓！快給我出來！這樣子玩我很好玩嗎？」

我一邊喘著氣，一邊揚聲喊道。

「你這隻笨貓！這算什麼？這樣耍我很好玩嗎？快給我出來！不管你是楠，還是貓，都沒關係……你不是說喜歡我所以才救我呀！你救了我呀！出來看一下你救的人一點也不過份吧？快出來呀！」

一陣風掀起落葉，一輛機車自一旁的馬路呼嘯而過，沒有任何人回答我。

「這算什麼！擅自告訴我就要死了，擅自把我帶到了這裡，然後擅自為了我犧牲，你到底以為你是誰？我才沒有要你救我！我才不需要你救我！」

一陣暈眩襲來，我無力的跪倒在地，一閉上眼睛，剛才的影像便在腦中一再重演……有著貓耳的楠直直的墜落，她的笑容離我越來越遠，最終消失不見。

楠離開了我。我一直以為她在遠方會過得很好，她比我聰明、比我堅強，她一定能過得比我幸福。

但，那封信卻粉碎了我所有的幻想，她就要死了，我可能永遠見不到她了，就算去見她，也只能親眼見她離開我。

我所害怕的就是這個。

「不……要走……我、我一直都喜歡著妳！」我抱著頭，痛哭失聲。

不知過了多久，一個濕熱物體舔了我的臉，我原本不想理會，最後卻癢得受不了了，睜開眼睛，變回波斯貓的定春一臉擔憂的看著我。

-0200-

這是第三天，按照貓的預言，我在今天就會死去。

我沒有死，貓救了我。

第三日・黃昏・
活下來的人與接下來的日子

「對了，可以告訴我你的名字嗎？老是喂喂叫也不是辦法？」

「那麼重要的東西才不能告訴你呢。」

「真名什麼的就不用了，沒有方便稱呼的叫法嗎？」

「既然我是你的救命恩人，不用多禮，簡單稱呼我一聲貓大人就可以了。」

到了最後，貓還是貓。

我還是不知道貓的名字。

「喵喵！」

再次醒來，我已經回到小文的房間，已經變回貓形的定春用柔軟的肉球拍擊我的臉，看我醒來就走向飼料盆放置的地方。

小文翻身悶哼了一聲，說了幾句夢話又繼續睡下，雖然我沒有判斷記憶存量的能力，不過定春能安心吃飯，應該就是沒問題了吧？

仔細一看，定春的白毛上染了紅紅黃黃的不明液體，還帶著奇怪的臭味，等定春一吃完，我一把撈起牠走進浴室。

「喵！」定春抗議。

「你不希望她醒來後擔心你吧？」

再說幫長毛貓洗澡可是一項大工程，我這已經算是大犧牲大減價了！

也許是於心有愧，這次洗澡定春意外的配合，好不容易把定春吹乾，小文也醒了，定春一聽到腳步聲，快速地衝向她，開心的在她腳邊打轉。

昏迷三天的小文一把抱起定春，一人一貓親來親去親得不亦樂乎。

「啊、打擾了。」我說。

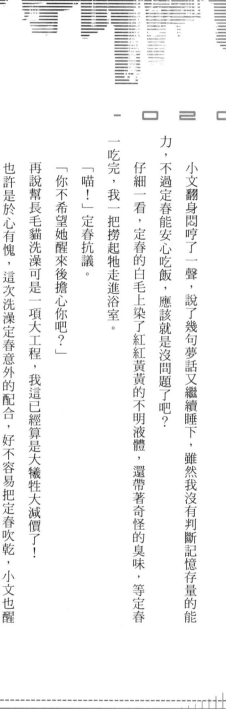

看見我出現在浴室，小文沒露出太驚訝的表情，和平常一樣露出了可愛的笑容。

我簡單的做了解釋：我看到定春在窗邊很緊張的樣子，打手機她又沒接，所以才想說過來看看，沒想到她竟然昏倒了，只好留下來照顧，卻沒想到她一昏倒就昏了三天。

嚴格來說這些也不算謊話，只是我自動省略了不好解釋的部份。

但小文的回答出乎我的意料。

「啊哈哈，大概是因為我連續三天都熬夜寫稿，早上又有去上班的關係吧！」

……這傢伙該不會只是單純的想睡吧？

我一邊這麼嘀咕，一邊往我的住處走去。

在沒人的時候，我試著想像各式各樣的魔法好幾次。

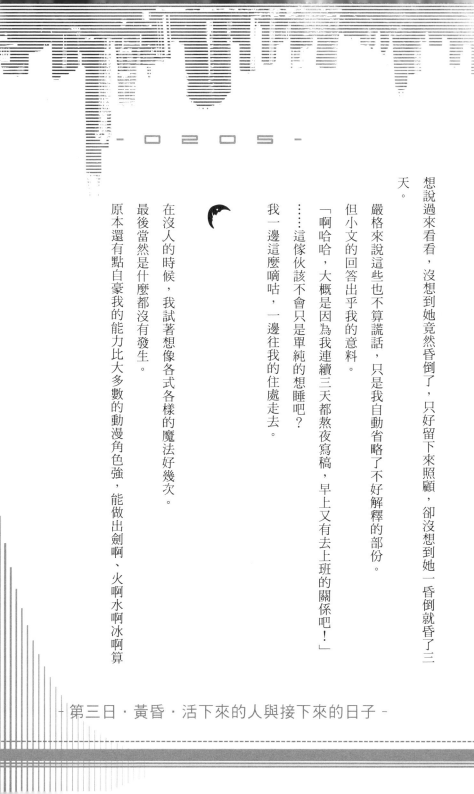

最後當然是什麼都沒有發生。

原本還有點自豪我的能力比大多數的動漫角色強，能做出劍啊、火啊水啊冰啊算什麼，我可是能想像出森羅萬象……

但失去了貓，我一個人什麼都做不到，只是一個想像力過剩的無聊男子而已。

一個禮拜後的晚上，變成人形的定春站立在我的床畔。

「不要懷疑，那些不是夢，我和貓都是真正的妖精。」

「我知道。」

不論幾次，定春都會令我展開笑容。

「最近還好嗎？」

「嗯，之前只是耗盡了力量，所以沒辦法變成人形，不過沒問題的。」定春動了動耳朵。

「太好了。」我說。

定春琥珀色的眼睛閃著光芒，兩隻白色的小耳朵也有精神的直立著，雖然都一樣面無表情，但那種不安的緊張感已消失無蹤……是因為主人已經恢復的關係吧？

這樣和定春在一起，讓我覺得彷彿置身於那段像夢也像災難的時光。

「……我問你，最後救我的……是貓嗎？那個貓耳少女是貓變成的吧？」

過了一個禮拜，我已能平靜的面對這件事，即使我心中已知道答案，我還是想知道定春的想法。

「答案你早就已經知道了不是嗎？」

定春輕聲回答，看向我的眼神似乎有點擔憂：「不過……我不知道牠平常為什麼不變成人形。」

「這個我倒是知道。」

原因一定是……貓不想讓我發現牠人形的樣子和楠一模一樣。

「但是，為什麼呢？為什麼貓和楠長得一模一樣呢？」我試著問：「你也是妖精，你應該知道吧？貓和楠到底有什麼關係呢？」

「不可能知道啊……」

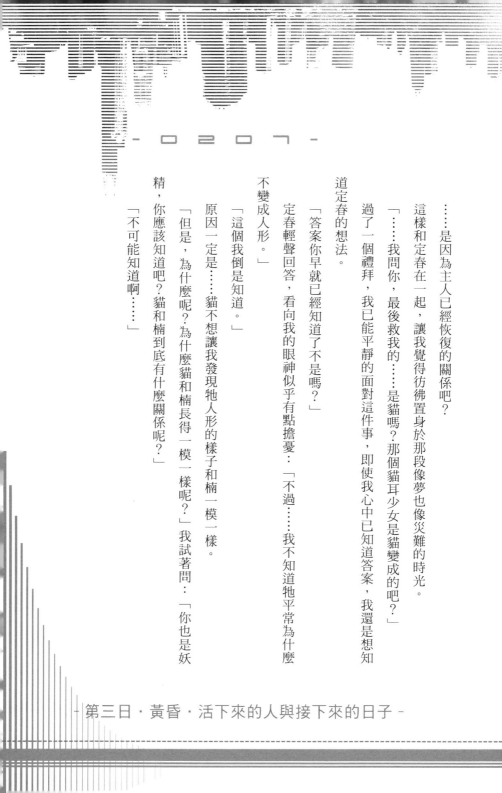

定春按住我僵硬的肩膀，那溫暖讓我漸漸平靜下來。

「因為每個妖精誕生的方法都不同，搞不好連貓也不知道自己是怎麼誕生的……」

「靈魂核心有很多種形態，有可能是生物的靈魂碎片，抑或剛剛死去不久的靈魂，有時是已有妖精遺落的意識碎片，大自然本身也會孕育出全新的靈魂核心，當『場』獲得靈魂核心後，就會以一個妖精個體的身分甦醒……」

那麼，貓是哪一種呢？

貓的核心是楠所殺死的自己，或是楠真的已不在人世？

「可能性太多了，而且不管怎麼想都不可能知道答案。」定春將手掌輕輕放在我的臉上：「只要知道是貓自己想救你的，那就夠了。」

我閉上眼睛，短暫體驗掌心的溫暖。

然後輕輕推開定春的手。

定春微微地睜大眼睛：「已經不需要了嗎？」

「是的，已經不需要了。」我說。

「那麼，我想和你確認……」像是進行某種儀式，定春看著我的眼睛，輕柔的問：「你要捨棄你取回的記憶嗎？」

「不用了。」我笑著回答：「那可是我好不容易才奪回的記憶，怎麼可以隨便便丟掉。」

定春琥珀色的眼瞳中漾著暖意，粉色的嘴角微微勾起。

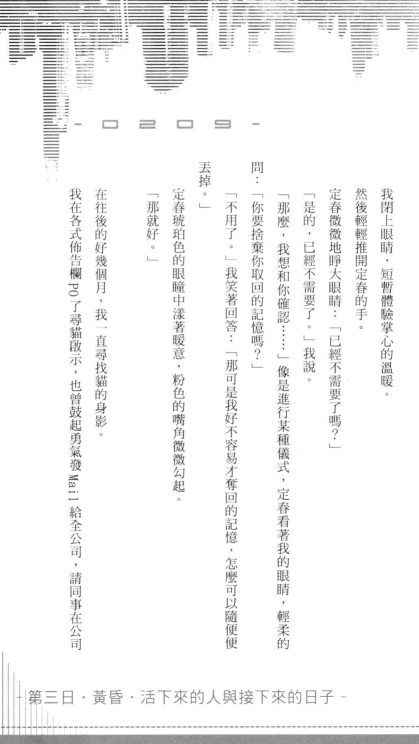

「那就好。」

在往後的好幾個月，我一直尋找貓的身影。

我在各式佈告欄PO了尋貓啟示，也曾鼓起勇氣發Mail給全公司，請同事在公司

- 0210 -

附近幫忙尋找。

有人告訴我曾看過長得很像的貓。

有人寫信跟我說，他曾在附近看過類似的屍體。

無論如何，我會繼續尋找貓。

在某個小文回老家的下午，我再次踏上同樣的地方餵食流浪貓。

也許是因為快天黑了，常見的幾隻貓一看見我就湊了過來。

矮牆上坐著一隻沒有看過的三花貓。

我向牠招了招手，三花貓一動也不動的看著我。

一時間我竟期待三花貓會開口說話。

但牠沒有，所有的貓都只是極其平常的喵喵叫而已。

——End。

註：『定春』是漫畫『銀魂』裡女主角神樂撿到的超大型犬，同時也是本篇作者所飼養的貓的名字。

幕間——

跟蹤小文與無敵大眼貓妖精的現身

「我去台北這兩天，定春就交給你了！」

無視小文燦爛的笑容，瞪著腳邊的貓砂盆、飼料、水盆……還有早早爬到床上找了個舒服的姿勢坐下來的白色波斯貓。我心裡默默地想著：聽說房東好像不准房客養寵物。

「那我出門囉！」小文搔了搔定春的腦袋，「定春你要乖喔！」

往好的方面想……定春這麼安靜應該不會被發現，我隨便點點頭，向小文揮揮手，早已打扮得像花蝴蝶一樣要去台北血拼的小文對我笑了笑，便踏著輕快的腳步離去了。

我轉頭對定春說：「這兩天我們就好好相處……」

「快追上去！」定春突然在我的腳邊對我大叫：「快！」

「啥？」

「快點！再不去追小文就來不及了！」定春自動自發的鑽進一個手提袋中：「我也要去。」

「追小文幹嘛？」

看定春異常緊張的模樣，害我也緊張了起來，趕緊提起手提袋，往樓下衝去。跑到樓下，正好看見小文的粉紅色小機車絕塵而去。

「快跟上去。」

定春從手提袋中探出頭，睜大了圓滾滾的眼睛，柔柔地嗚了一聲，那一聲彷彿幼貓的肉球，在我的心窩輕輕的搔了一下，等我回過神時，我已經坐在前往台北的高鐵上了。

「你現在可以告訴我為什麼要追小文了吧？」

我用雙手遮住臉，為身為萬物之靈卻無法抵擋波斯貓的一聲喵感到慚愧。

「她每次從台北回來身上都會有野……妖精的臭味。」定春小聲地回道。

「你擔心有妖精對她不利？」我用氣音問道，萬一有人發現我在和貓說話，對話內容還是妖精什麼的……一定會被當作是神經病呀！

定春動了動耳朵，應該是同意的意思。

到了台北車站，我帶著定春守在京站轉運站的手扶梯旁，果然過了沒多久就看見了小文，小文在捷運站和她的朋友會合。

我和手提袋中的定春跟在小文後面，終於來到了小文的目的地——

那是一棟看起來像黑紅色系的建築，招牌上有一隻奇怪的虎斑貓，上頭搭配發光的字體：WACHIFIELD。應該是店名吧……我好像有在哪邊看過這隻貓的樣子，只是不知道是繪本還是印在包包上，小文好像蠻喜歡買一些有貓圖案的配件，來這種店逛逛好像也蠻合理的，不知道定春硬要我跟來幹什麼？

「嗯哼哼，我就知道她一定來台北找野貓鬼混，這種眼睛大到太陽穴的虎斑貓哪有我可愛，看我不就好了嗎……」

手提袋中的定春正半瞇著眼睛，露出前所未見的陰暗表情。先不提貓有沒有太陽穴這種東西（有嗎？），定春你根本只是在吃醋吧！

定春注意到我在看牠，換上一臉可愛的表情說：「那間店有妖精的味道。」

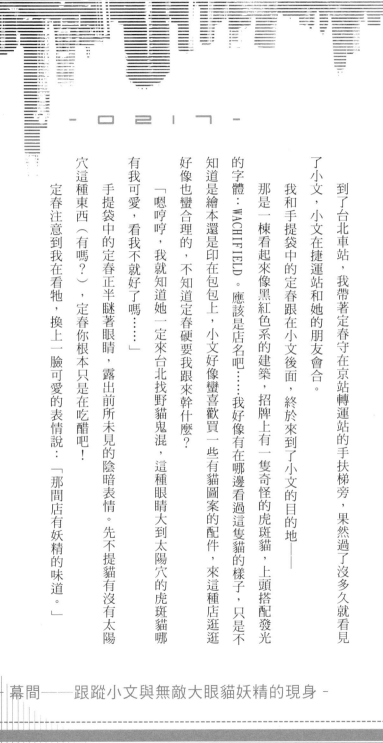

「你剛剛不小心把真心話說出來了。」想要裝可愛假裝沒這回事是沒用的。

經歷了一段有些尷尬的沉默，定春再次開口：「我是說真的，那間店有『貓妖精』的味道，雖然可能不是你想要找的『貓』，但也可以問問那隻『貓妖精』有沒有『貓』的消息。」

也許是因為吃過我的記憶的關係，定春對於我的弱點真是一清二楚——我想找到貓，就算只是定春在唬爛也好，我不想放過任何一絲可能找到貓的機會。

過了二十分鐘，小文兩手空空的離開這間店，確定不會和小文迎頭撞上後，我把定春不斷探出的腦袋塞回手提袋，推開那扇畫著大眼虎斑貓的玻璃大門……

通往二樓的階梯呈現在眼前，通道上依然是大眼貓的寫真。二樓的店面裡擠滿了年輕女孩，左一個高呼好可愛，右一個大呼卡哇依，果然如我所想的這裡是專賣大眼貓相關商品的精品專賣店。

我混進顧客中隨便翻看了一下，大約明白了，這是一個以某個童話繪本：《瓦奇菲爾德》為主的周邊精品專賣店。WACHIFIELD是一個架構相當完整的神奇世界，住在裡面的小動物們和人類一樣站著走路、站著說話……

「歡迎光臨。請問需要介紹嗎？」

店員笑容滿面地靠近，可能是注意到我是全店唯一看說明看得最認真的客人吧。

等等，有個棕色的影子躲在她的腳邊？我眨了眨眼睛，棕色的影子蹦蹦跳跳地跳到店員身後的架子去了。

「我隨便逛逛。」我將視線從店員腳邊移開，避免店員以為我是個變態，對提袋裡的定春低聲說：「你看見了嗎？剛有個東西……」

定春點頭，我走到店員後面的架子，那個影子快速的蹦跳到架子後面，露出一對長耳朵，我小心翼翼的往前走了幾步，長耳朵動了動，轉過身來，露出一張棕色的小臉，大大的眼睛外有一圈白毛……我剛剛才看過這隻兔子！就在一旁架上的商品也印有一模一樣的兔子！

難道說……瓦奇菲爾德裡的角色跑到現實世界來了？還是說……這些角色是原本就存在在這世界上的妖精，而創作者正好能看見妖精，才把他們的模樣畫下來？

我正混亂地想著各種可能性，兔子動了動耳朵，開口了……

「咕嚕呼嚕啦啦喵？」

……啥？

兔子說了什麼我完全聽不懂，也不像我有聽過的任何一種外語，我看向袋子裡的定春。

定春瞇了瞇眼睛露出一臉麻煩的表情：「牠說牠叫瑪西，問你是不是看得見牠？」

我對兔子點點頭，對定春說：「幫我問瑪西有沒有看見『貓』？」

定春對瑪西發出了幾個喵喵嗚嗚的聲音，瑪西興奮地揮舞雙手，蹦跳了兩下，拉出躲在架子旁的另一隻同樣花色的小兔子，發出一連串我聽不懂的音節。

「瑪西說那是牠妹妹，很久沒遇到看得見牠們的人類了，牠們都沒看過你說的『貓』，不過她可以幫你問問達洋。」定春打了個哈欠：「我好睏，我們趕快回家吧！」

「不行，我還要打聽『貓』的事。」而且是你自己說要來的！我本來打算留在家裡睡午覺呀！

兔子瑪西牽著妹妹的手，蹦蹦跳跳地跑到一旁敲了敲『門』。不一會，一隻灰黑色有著超大眼睛的花貓就騎著獨輪車出現了，看見我時還揚了揚黑色的大禮帽向我致敬。

「耍什麼帥……」定春陰沉地說：「他就是達洋。」

定春你不要以為人家聽不懂就可以亂說話呀！

我對『達洋』點頭算是回禮，瑪西牽著妹妹站在遠處好奇的看著我和達洋，身旁站著一隻拿著酒瓶、眼睛彎彎的綠色鱷魚。定春看見鱷魚時很明顯的縮了一下，又覺得怎麼可以輸給兔子，便把前爪伸出袋子，伸了伸爪子瞪了鱷魚一眼。

「我們是來問貓的行蹤，不是來打架的。」我警告定春。

定春哼了一聲，對達洋咪咪嗚嗚了幾聲不知問了什麼，達洋也用我聽不懂的聲音回答了些什麼。

「達洋說他沒有看見『貓』，牠原本也是從這個世界到瓦奇菲爾德的，也許『貓』也是跑去別的世界也不一定。要是牠在瓦奇菲爾德看見『貓』的行蹤的話，牠會想辦法通知我們。」定春頓了頓，不甘願的補了一句：「達洋邀請我們到瓦奇菲爾德一遊……我才不要去。」

你看看人家達洋和瑪西多有禮貌多熱情！定春你給我回去反省一下！

儘管我知道達洋和瑪西聽不懂我的話，我還是儘量用有親切的聲音說：「謝謝你們。」

達洋再次揚了揚手中的禮帽，提著黑拐杖騎著獨輪車走了。瑪西牽著妹妹跳到我旁邊，妹妹怯生生地跳到我旁邊，用前腳碰了我的腳一下，又害羞地跳走。

我伸出手，看了瑪西一眼，瑪西點點頭，我用手指輕輕的搔了妹妹的腦袋一下，揮手和瓦奇菲爾德的朋友說再見。

「這位先生，你站在這裡好久了，請問你要找什麼東西嗎？」店員禮貌的聲音在我身後響起。

「沒事沒事。」我隨手拿起架上繪有達洋和彩虹的零錢包：「我覺得這個零錢包蠻可愛的，在考慮要不要買。」

「這位客人您的眼光真好，剛剛有位長頭髮的小姐也很喜歡這個零錢包，她在這裡考慮了很久都沒買呢！你是要買來送人嗎？還是……」

……我絕對不會承認，我買了這錢包是因為我無法拒絕正妹店員！我只是想到小文的生日好像快到了。

在店員把零錢包裝入紙袋前，我彷彿看見零錢包上的達洋對我眨了眨眼睛，像是在對我說：加油！

……我突然覺得，我一定能找到『貓』，我這麼相信著。

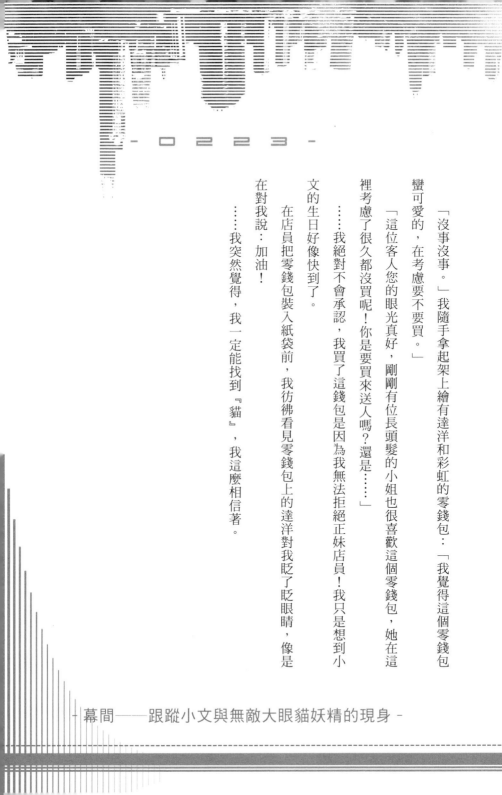

超級喵喵生死鬥

想要成為最頂尖的喵喵嗎？
想要成為風靡喵界的超級喵喵嗎？

由超級經紀人Y和喵一領軍打造

4位懷抱夢想的少男少女

由國際頂尖時尚專業人士打造，成為豔光四射的超級名模

超可愛、超歡樂、超爆笑…風靡貓界超級名模新秀大賽——

超級喵喵生死鬥即將登場！

超級喵喵生死鬥

-以上內容僅供參考，如有雷同純屬巧合-

總之這是喵一也就是在下我臨時想到的企劃
感謝超級美男子經紀人某Y帶著旗下的兩隻美喵加入這個企劃！
超級喵喵生死鬥顧名思義當然是向《超級名模生死鬥》（America's Next Top Model）致敬的企劃，超級名模生死鬥每集節目都會訂一個主題，針對主題進行拍攝，所以超級喵喵也會每集訂定不同主題，並嚴選美喵照來服務愛喵者。
超級喵喵生死鬥的主持人將由兩位主人——喵一&Y為大家服務。

經紀人：微風婕蘭＊喵一

雖然筆名叫微風婕蘭，平常朋友都叫我喵一，所以在超級喵喵生死鬥中將以喵一自稱。
定春和虎胤忠心的貓奴，拍照技術普通偏不佳，用滿滿的愛來捕捉愛貓的一舉一動，就連糊掉的照片也不肯刪掉，據說電腦裡有上千張定春&虎胤的照片。
某年在看完超級名模生死鬥之後，興起了在BLOG發表超級喵喵生死鬥的企劃，發表了一些瘋狂的內容之後，最後因為寫小說而導致超級喵喵無限拖延(毆)

八年前在一個月黑風高的夜晚和還是嬰兒的小隻訂下契約後，開始了把屎把尿的貓奴人生，因為被小隻洗腦又增加了新成員飛踢，從此以後兩男+一女過著幸福快樂的生活……(才怪)

經紀人：平凡無奇的少女Y

參賽選手

名前:臭妹(官方)
性別:沒有蛋的男子漢
身高:約41cm(含耳朵)
身長:約45cm(胸口到菊花口)
體重:5.3kg
瞳色:外黃內綠
國籍:路邊的純種米克斯
(母三花,父不詳)
生日:大概是2003.03.21

Y:小時候真的有夠醜的,一度懷疑是外星來的生物呢!(攤手)

小隻:這麼有特色的外星生物哪裡找啊?(斜眼)

毛色:深咖啡色魚骨紋虎斑,簡稱大便色。

專長:惹人生氣
小隻:顆顆
Y:(青筋)

小隻:哪裡叫大便色!!!!!???明明就是高貴的咖啡色!!!

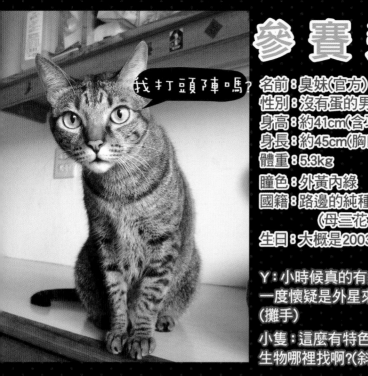

Y：(重新整理思緒)這張是你的Best Shot！

因為額頭毛很厚
所以看起來像在
皺眉頭十萬年臭臉
(也常被說像頭上『長屁股』)
耳朵是可愛的粉紅色
主要功能是『偷聽』
以確保主人沒說牠壞話
眼睛明明又大又圓
但老是睜不開
看起來像在『瞪人』
覺得自己的胸毛超帥，死都不給剃
一坐下來尾巴就會很驕傲的捲起來
非常注意『儀態』

參賽選手

姓名：定春（小時候很愛咬人手指，和銀魂裡喜歡咬人頭部的外星生物很像，所以取名為定春絕對不是因為唸起來像定存現在利率這麼低）
身高：40CM（含耳朵）←因為老是坐著不動所以輕易的量到了
體重：3.8KG左右
性別：……

喵一：聽說很多人第一眼都覺得你是公主或貴婦…

定春：不要誤會！我可是貨真價實的男子漢！虎胤才是女生！

毛色：身體是雪白內心是黑色的
定春：你說什麼？（青筋）

國籍：稍微有點鼻子的波斯（應該吧？）
生日：好像是94年2月7日
瞳色：金光閃閃的金色
肉球：粉紅色！

一臉專注
化身跟蹤狂兼觀察家的定春
興趣：觀察&偷聽&跟蹤
不理
來定春家拜訪的超喵貴公子
『飛踢』

喵一：你的興趣好奇怪…
定春：妳也是我觀察的對象呀！
喵一：咦？
定春：妳洗澡時有時會忘了拿毛巾，看沒人在家就直接跑出來…可是…嘿嘿嘿…
喵一：不要說啊啊啊啊！

興趣2：被諂媚，一被稱讚就很高興，如果只顧著稱讚虎胤，牠就會生氣

喵一：
這是你的Best Sh

很有精神的小耳朵，尖端是黑色的
眼睛又大又圓
很心機的偷畫眼線
虎胤：這是天生的!)
安產型的圓潤身材
胸毛擁有豐厚的自然捲
自認『有自然捲的都是好貓！』

參賽選手

姓名：虎胤（ㄏㄨˇㄧㄣˋ）

虎胤：大家好喵～我叫作……
（？？）是兩個發音很難的字，媽媽常叫我胤胤，但是我更常聽見哥哥姐姐叫我ㄆㄤˋㄆㄤˋ，不過ㄆㄤˋㄆㄤˋ到底是什麼意思呀？
喵一：咳！胤是後代的意思，因為妳長得很像老虎所以叫虎胤囉！

身高：？？
（含耳朵大約40CM，好像稍微比定春高一點，喵一雖然想幫虎胤量身高，但是虎胤不斷攻擊皮尺，所以量身高的任務失敗!)
體重：5KG左右
毛色：淡金、咖啡、黑、白等多樣毛尖色～胸毛和肚毛都是自然捲！
國籍：黃金金吉拉（？）

虎胤：因為我是領養來的，所以不知道自己的血統到底是怎樣說～不過主人喜歡就好（翻肚肚）

生日：2006年？月？日（推測是獅子座）

虎胤：最初的主人是老人家，他不記得我的生日了說～

瞳色：外金內綠

興趣一：玩逗貓棒&咬逗貓棒

興趣二：攻擊任何會動的東西

喵一：不要把逗貓棒吃掉啊啊啊！

虎胤：小強和小飛（？）
都是我的最愛～（心）
喵一：幸好你不會把小強
放在床頭當我的禮物
囧rz

參賽選手

名前：飛踢
性別：無卵貴公子

Y：想當初被你娘家誤導，一直以為你是女兒身呢...好加在有摸到兩粒蛋，不然你就要被當女兒養了
飛踢：這就是天生麗質啊~(嘆)

身高：38cm(含耳朵)
身長：40cm(胸口到菊花口)
體重：3.9kg
毛色：貴族奶油魚骨紋虎斑

小隻：為什麼他是「貴族」!!!??而我就是大便!????Why Why Why~~!!?????(回音)
飛踢：這就是程度上的不同~跟你這種人多說無益~
小隻：我不服!!!!!!!!!!!!(爆)

毛色：身體是雪白
內心是黑色的
瞳色：琥珀色
國籍：混血兒
(父波斯，母蘇格蘭)
生日：2005.03.06

飛踢：大家都說混血兒水噹噹，難怪我會這麼美~喔齁齁齁~~~~

吼哩系！
下輩子吧！

興趣：
和小隻大玩少年格鬥

飛踢：雖然外表看似柔弱，但我可是具備推倒那傢伙的力氣，
別看我這樣，其實我是攻呢!(笑)
小隻：難不成我是受!?　飛踢：而且還是傲嬌受呦~(眨眼)

Y：這是你的Best Shot！

誰才能成為真正的超級喵模？

拍照總是同一個姿勢的定春會遇到什麼樣的阻礙！？

POSE很多的虎胤卻怎麼表現都像一隻貓！

她能成為超級喵喵嗎！？

機車的小隻總是一副機車臉，

難道牠只能詮釋機車了嗎！？

看起來很可愛的飛踢能夠表現出另外一面嗎！？

～敬請期待下集～

超級喵喵生死門

to be continue‥‥‥

後記 ·

「來寫一個流浪貓告訴主角『三天後就會死』的故事吧！」

在遙遠的、我還是國中生的某個下午，我和我哥在書店附設的咖啡館喝冰沙吹冷氣，我哥突然提了這個點子。

時光飛逝，我不再是國中生，那個書店附設的咖啡廳也變成了童書區（幸好書店還在），我來到了新竹當上班族，當年構思的許多故事已然遺忘，只有這個點子一直記得。在腦海的某處，有一隻貓就站在圍牆上俯視我，對我腦中的主角說：「喂！你三天後就會死。」

都已經被說會死了，主角當然不能坐著等死，得想辦法找出自己的死因，在拯救自己的過程中，當然會有新的夥伴加入，除了預言主角會死的『貓』之外，再來一隻會變身成人形的貓吧！要寫貓，當然要寫我喜歡的貓，那麼……就來寫我們家的貓咪吧！

會想寫這個故事的另一個原因——我希望我的貓咪能成為英雄。這是我小小的私心，我希望我的愛貓們能成為我筆下的英雄，牠們不只能懶洋洋的躺在沙發上使喚主人，更能活躍在讀者的想像之中。當然我的貓咪們不會知道這件事，牠只會聞聞小說然後瞇著眼看我（也許眼神還帶有一絲鄙視），反正我是貓奴嘛！做什麼瘋狂的事都很合理呀！（↑妳身為人類的自尊呢？）

我的愛貓——定春就這樣加入這個故事，虎胤也會在第二集加入，活躍在附錄超級喵喵生死鬥的Y家美男子——飛踢和小隻未來也會以全新的面貌（？）在故事中現身。

附帶一提的是，小文原本的名字是小雲，不過我換工作之後有個同事的名字發音也是小雲，從此我看到這兩個字就會想到坐在我後方的歡樂大姐，只好把名字換成小文了。

反正小文是定春和虎胤的主人嘛～名字和我的本名有一個字一樣也是很合理的！當然我不會像小說中的小文那麼我行我素就是了（是嗎？）

《都市貓》從初稿寫完到現在出版，經歷了入圍浮文字新人獎決審、改寫、找出版社、又換出版社……等等坎坷漫長的道路，現在終於以全新的姿態和大家見面（是的！本書中有近一萬字以上都是出版前不到一個月趕出來的啊！）希望大家能喜歡這個兼具歡樂和感傷看了神經有點錯亂的故事。好吧，也許神經錯亂的是作者。（歐）

糟了，這篇後記前面還有點正經，後面又忍不住開始搞笑了。

回歸正題，雖然中間經歷了不少波折，但這些都是我重要的養份，如果不是現在的我，這個故事就不會是你們所看到的樣子，不管是好是壞，這就是現在的我～（轉圈圈）

因為編輯大人說後記沒有字數限制，那就來進行害羞的感謝時間～

既然提到編輯大人，那就先來感謝編輯大人吧（這麼說感覺好隨便！）～終於能合作出書好開心呀！而且還真的把超級喵喵生死鬥放進來了！真是Good Job！

再來是幫我寫推薦序的董大哥，見面時的第一句話就是：「這本書好像村上春樹在寫銀魂」，我當時只很想回一句「這兩者的共通點只有都有『大叔魂』吧！」好啦至少現在的村上春樹是個大叔（村上春樹的Fans請不要打我），董大哥一直說很喜歡我的作品真是令我受寵若驚。

NekoiF 妳把定春的人形畫得好可愛！而且屁股好翹感覺好害羞呀！其實定春本尊的屁屁都是毛沒什麼肉的說～以後請多多指教。

要感謝的當然還有平常在我寫稿時給予支持聽我哀嚎的朋友們，尤其是被害人和喵二你們辛苦了（抱）。還有我當然不會忘記我的第一個讀者——老媽，感謝妳從我國小就開始看我的胡言亂語到現在，我愛妳（當然也愛偷偷去買我的書的老爸）；也感謝提供我有趣點子的哥哥。（快去交女朋友吧！我不會幫你徵友的！）

還有親愛的讀者們～才不會忘了你們呢！（眨眼）謝謝你們買了這本書，如果能博君一笑或是能讓人有所感動的話就好了。

沒有感謝到的人我也一併感謝（BGM：感恩的心，感謝有你～），要是喜歡我的吐嘈和胡言亂語的話，歡迎來我的 BLOG 找我玩喔～下次再會！

BLOG: blog.yam.com/lunacat322

WACHI FIELD
瓦 奇 菲 爾 德
日本知名畫家池田晶子的原創品牌
Dayan in Wachifield
瓦奇菲爾德中文網站 www.wachifielf.com.tw
http://tw.myblog.yahoo.com/wachifieldtaiwan
Find us on Facebook 搜尋 瓦奇菲爾德台灣

圓鳥可卡也會登場喲！

☞您在什麼地方購買本書？☜

□便利商店__________□博客來　□金石堂　□金石堂網路書店　□新絲路網路書店

□其他網路平台__________□書店__________市／縣__________書店

姓名：__________地址：____

聯絡電話：__________電子郵箱：______________________________________

您的性別：□男　□女

您的生日：__________年__________月__________日

（請務必填妥基本資料，以利贈品寄送）

您的職業：□上班族　□學生　□服務業　□軍警公教　□資訊業　□娛樂相關產業

□自由業　□其他____________

您的學歷：□高中（含高中以下）　□專科、大學　□研究所以上

☞購買前☜

您從何處得知本書：□逛書店　□網路廣告（網站：______________）　□親友介紹

（可複選）　□出版書訊　□銷售人員推薦　□其他

本書吸引您的原因：□書名很好　□封面精美　□書腰文字　□封底文字　□欣賞作家

（可複選）　□喜歡畫家　□價格合理　□題材有趣　□廣告印象深刻

□其他____________________

☞購買後☜

您滿意的部份：□書名　□封面　□故事內容　□版面編排　□價格　□贈品

（可複選）　□其他

不滿意的部份：□書名　□封面　□故事內容　□版面編排　□價格　□贈品

（可複選）　□其他

您對本書以及典藏閣的建議____

____

____

✌是否願意收到相關企業之電子報？□是　□否

✍感謝您寶貴的意見✍

✌From____________________@______________________________

♦請務必填寫有效e-mail郵箱，以利通知相關訊息，謝謝♦

印刷品

請貼
3.5元
郵票

$3.5

不思議信箱
FUSIGI POST

235 新北市中和區中山路二段366巷10號10樓

華文網出版集團　收

（典藏閣－不思議工作室）

都市貓

Hada de la ciudad

Novel-微風緹園

Nekoif-ILLUST

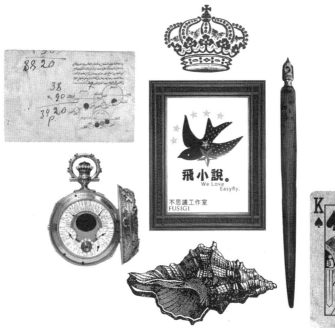

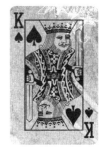

我們改寫了書的定義

董 事 長　王寶玲
總 經 理　兼　總編輯　歐綾纖
出版總監　王寶玲
印 製 者　和楹印刷公司

法人股東　華鴻創投、華利創投、和通國際、利通創投、創意創投、中國電視、中租迪和、仁寶電腦、台北富邦銀行、台灣工業銀行、國寶人壽、東元電機、凌陽科技(創投)、力麗集團、東捷資訊

◆台灣出版事業群　新北市中和區中山路2段366巷10號10樓
TEL：02-2248-7896
FAX：02-2248-7758

◆倉儲及物流中心　新北市中和區中山路2段366巷10號3樓
TEL：02-8245-8786
FAX：02-8245-8718

都市貓/微風婕蘭作. 一 初版. --新北市：
華文網，2011.07-
冊； 公分. --(飛小說系列)
ISBN 978-986-271-087-6(第1冊：平裝). ----

857.7 100010684

NekoiF-ILLUST

都 市 貓

Hada della ciduad

Novel-微風婕蘭

飛小說系列005

都市貓01-死亡三日倒數計時

出版者■典藏閣
作　者■微風婕蘭　　繪　者■NekoiF
總編輯■歐綾織
製作團隊■不思議工作室
郵撥帳號■50017206 采舍國際有限公司（郵撥購買，請另付一成郵資）
台灣出版中心■新北市中和區中山路2段366巷10號10樓
電　話■(02)2248-7896　　傳　真■(02)2248-7758
物流中心■新北市中和區中山路2段366巷10號3樓
電　話■(02)8245-8786　　傳　真■(02)8245-8718
ISBN■978-986-271-087-6
出版日期■2011年7月

全球華文國際市場總代理／采舍國際
地　址■新北市中和區中山路2段366巷10號3樓
電　話■(02)8245-8786　　傳　真■(02)8245-8718

新絲路網路書店
地　址■新北市中和區中山路2段366巷10號10樓
網　址■www.silkbook.com
電　話■(02)8245-9896
傳　真■(02)8245-8819